Esta historia está dedicada
a nuestros padres:
A Leonor.
A Laura.
A Fernando.
Y a Sebastián, in memoriam.

Prefacio

...Dardanelos.

Unos dicen que hay mil leguas de camino hasta Aragón. Otros hablan de dos mil. En realidad, ¿qué más da?

Se acerca un hombre, a buen paso. Por su indumentaria se adivina que no es un soldado, sino un comerciante. Pese a ello Garcés, siempre alerta, acaricia suavemente el puño de su espada.

—Busco a García Garcés, almogávar de Santa María de Carcabiello –declara el recién llegado, con extraño acento.

Garcés frunce el ceño.

—¿Quién lo busca?

—Mi nombre es Gianluca Santandrea. Soy marino y genovés.

—Eso se ve a la legua, señor.

—También a vos se os adivina el origen –sonríe el recién llegado–. Con ese atuendo no podéis intentar pasar sino por lo que sois: un condenado almogávar. Ahora me gustaría asegurarme de que sois justamente aquél al que busco.

—¿Y qué, si lo fuera?

—En ese caso, debería haceros entrega de un mensaje que traigo conmigo desde Constantinopla. Desde el mismísimo palacio imperial, para ser exactos.

Garcés tarda un instante en comprender.

—¿Un mensaje, decís...? –exclama–. ¡Oh, buen Dios! ¡Un mensaje de... de ella! ¡Entregádmelo ahora mismo!

—Antes debo estar seguro de que estoy ante la persona que debe recibirlo.

—¡Maldito seáis, genovés del demonio! ¡Yo y nadie más que yo soy el destinatario de ese mensaje! ¡Yo soy García Garcés! ¿Qué prueba queréis de ello?

—Tranquilizaos. Bastará con que me digáis los nombres de vuestro padre y del padre de vuestro padre.

Garcés mira al comerciante de arriba abajo.

—¿Mi padre? –pregunta, receloso–. Mi padre murió, señor.

—Lo sé.

Garcés se mueve en círculo, sin dejar de mirar a Gianluca Santandrea, que no parece impresionado. Se decide a hablar, por fin:

—Mi padre respondía por García García. Y por Garci Garcés lo hacía mi abuelo.

Sonríe el comerciante, ahora con franqueza, sin duda aliviado por poder concluir la extraña tarea a la que se comprometió. Y extrae de entre sus ropas un pergamino cuidadosamente enrollado, sujeto por un lazo de seda azul.

—No habéis de pagar portes –declara, mientras se lo entrega a Garcés–. La princesa María lo hizo.

El almogávar suelta la cinta nerviosamente y, con dificultad, lee el encabezamiento de la misiva:

"De María Xenia, princesa de Bizancio
y viuda del César don Roger de Flor
para
García Garcés.
En Constantinopla. Principio del otoño del año del Señor de MCCCVI."

Es su letra, sin duda. Grácil y enérgica a un tiempo, tal como él la mantiene en su recuerdo. Piensa en María Xenia y el corazón se le acelera.

Pero cuando en verdad está a punto de perder el sentido es al descubrir, dentro del primero, un segundo pergamino algo más ajado, con muy distinta caligrafía. Nerviosamente lo abre; y descifra las primeras palabras del mensaje con enorme ansiedad.

"De María de la Vía Lata López de Goreia
para García Garcés, almogávar de Santa María.
Primavera de MCCCVI."

Garcés debe buscar apoyo en una peña cercana al sentir que se le doblan las rodillas.

—¿Malas noticias, acaso? –pregunta el marino.

El joven aragonés ha de inspirar profundamente antes de responder.

—Ignoro todavía el contenido de estos mensajes. Pero tenerlos en mi mano ya es motivo para estaros agradecido de por vida.

El genovés, complacido, se inclina levemente.

—La princesa María pagó también los portes de una posible respuesta por vuestra parte –aclara–. Si deseáis hacer uso de esa posibilidad, buscadme en el puerto. Podéis ver mi navío desde aquí. Es aquella nao ligera amarrada al muelle de poniente. ¿La veis?

—La veo.

—Zarparé mañana a mediodía.

—Lo tendré en cuenta. Ahora... quisiera leer con sosiego estas misivas.

El comerciante, empero, no se mueve. Por el contrario, echa en torno suyo una escrutadora mirada, como para asegurarse de que nadie les observa, y se aproxima aún más a Garcés. Le habla en un tono bajo y misterioso, a dos palmos del rostro.

—Junto al mensaje, la princesa me encomendó haceros llegar otro envío, señor...

Sin dejar de mirar en derredor, echa mano a una especie de morral de cuero que transporta en bandolera. Extrae de él un objeto de mediano tamaño cuidadosamente envuelto en tela de arpillera.

Con enervante parsimonia, lo va desenvolviendo.

Queda por fin a la vista un cofrecito de extraño aspecto, forrado de cobre y bronce. En el centro de la tapa brilla el oro de un escudo de armas que Garcés reconoce al momento: Es el de Roger de Flor.

Guardando el cerrojo, un sello de lacre con el mismo emblema.

—Como veis, está intacto –hace notar el marino.

Garcés toma el cofrecillo con la mano izquierda y rompe el sello con la derecha.

Tras alzar la tapa, ambos hombres dejan escapar una velada exclamación de asombro. Durante un largo rato permanecen extasiados en la contemplación del espectacular contenido de la arqueta. Por fin, el genovés rompe el silencio utilizando un tono casi reverencial.

—¡Santa Madonna! –exclama en un susurro–. Jamás había contemplado tesoro semejante. Esas joyas han de valer una fortuna.

Garcés ha abierto los ojos de par en par, sin ocultar su sorpresa.

—¿Queréis decir que... que soy un hombre rico?

—Muy, muy rico, García Garcés. Sin duda, el más acaudalado almogávar con el que yo haya tenido trato hasta la fecha.

Primera Parte

EL CORAZÓN DEL REINO

Santa María. Mayo de 1302

Yo nací en Santa María de Carcabiello.

Era aldea de una sola calle, como tantas de por aquí.

Subiendo por ella hasta lo alto del cerro se podía ver, mirando hacia el norte, una abadía más bien vulgar. Y, más al fondo, no muy lejos, las montañas a las que llaman Pirineos. Hacia el sur, la gran val del río Gállego. Hacia levante y poniente, la nada.

Pese a su pequeño tamaño, mi pueblo arrastraba fama de inexpugnable pues no en vano todos sus habitantes éramos almogávares, esto es, mercenarios a sueldo de la Corona de Aragón. Al menos, en tiempo de guerra, que era casi siempre.

El verano se aproximaba, imparable. La cosecha se presumía mala de solemnidad a causa de lo mucho que se alargó el frío invernal. El precio de la sal andaba por las nubes y del marrano sacrificado en el otoño no quedaban sino dos docenas de tortetas de sangre ya mohosas.

—¡Tributos y más tributos! –se lamentó mi abuelo, mientras removía una vez más las tablas de la falsa que ocultaban el reducido tesoro familiar–. Por un lado, el condenado barón; el rey nuestro señor, por el otro... y a los monjes de la abadía algo hay que subirles de cuando en cuando porque como se pasan los días entre tinta y pergaminos, copiando y volviendo a copiar esos escritos viejos...

La abuela Paula sonrió. Sonreía casi siempre, a pesar de las dificultades.

—Quizá nuestro hijo regrese pronto y traiga algo de oro con que seguir viviendo.

—Ya lo puedes esperar sentada, mujer –masculló él–. ¿Sabes tú por dónde anda ahora? ¡En Sicilia otra vez, nada menos! ¿Y sabes tú dónde está Sicilia? Mediterráneo adelante. ¡En la otra punta del mundo, como quien dice! Y son ya tantos meses de ausencia... A veces me da por pensar... ¿Y si hubiese muerto?

—¡Eso ni en broma, Garci! –saltó mi abuela–. Nuestro hijo ha de estar vivo. Vivo y sano. Lo que a mí me da en la nariz, fíjate, es que... podría haber vuelto a casarse.

—¿Allí, en aquellas tierras?

—¿Por qué no? Son muchos años de soledad desde que la pobre Berta murió, al nacer Garcesico.

En un gesto reflejo, se volvieron ambos a mirarme. Pero yo seguí haciéndome el dormido sobre la cadiera, al amor de la escasa lumbre del hogar. Me gustaba engañarlos de este modo. Así podía escuchar sus conversaciones, que siempre eran más sinceras que cuando sabían que podía oírles.

—Por cierto –preguntó mi abuela–, ¿qué tal lleva el chico las clases con Alfonso?

Como respuesta, mi abuelo soltó un exabrupto.

Alfonso el herrero

Aunque, por su aspecto y sus maneras, Alfonso Bermúdez ofrecía una primera mala impresión, lo cierto es que era más bueno que el pan de cinta. Bastante bruto, pero muy bueno.

Al contrario que la mayoría de sus paisanos, apenas había ejercido como soldado pues, al regreso de su tercera campaña, decidió colgar las armas y ocuparse de la herrería del pueblo.

Quizá por haber combatido menos, había tenido tiempo de pensar en la manera más adecuada de adiestrar para la lucha a los jóvenes almogávares. Y, tras poner a todo el pueblo de acuerdo en lo valioso de sus métodos de enseñanza, hacía ya casi dos lustros que impartía a diario sus clases de técnica guerrera entre los jóvenes de Santa María y su comarca.

Tres jornadas por semana las dedicaba al endurecimiento físico de los futuros soldados. Otras tres, estaban destinadas a la técnica en el manejo de ferro y chuzo. Los domingos, claro, descanso.

Así, semana tras semana y mes tras mes. La instrucción solía durar entre dos y cuatro años, dependiendo de las aptitudes del aprendiz de guerrero.

Pero en mi caso, todo el pueblo estaba convencido de que una larga vida no sería tiempo suficiente.

—¡Así no, mendrugooo! –se desgañitaba Alfonso, al verme manejar la espada–. ¡Que te vas a sacar un ojo, animal! ¡Cuidadooo! ¡Cuidado no le des al perro!

—¿Las clases, dices? ¡Ay...! Creo que no hay nada que hacer, Paula –se lamentó mi abuelo–. El chico ha salido clavadito a su santa madre, que en paz descanse. Guapo sí es, como lo era ella. ¡Pero sirve de tan poco la hermosura en combate! En fin, que yo creo que no hay nada que hacer.

Como una salamandra

Aquella tarde de domingo, el abuelo había convencido a Alfonso para que dedicase un buen rato a instruirme en solitario, a ver si así me era posible recuperar parte de la ventaja que los otros chicos me llevaban.

—Pero si no puedo ni con lo más fácil, Alfonso.

—¡Sí puedes!

—¡Que nooo!

—¡Ajá! Pretendes saber de guerra y guerreros más que yo mismo, ¿no es eso?

—No, Alfonso, no es eso. Es que... me conozco.

—¡Primer error! Nadie sabe de lo que es capaz mientras no se ve en la necesidad de demostrarlo. Y tú, ahora, tienes algo que demostrarme. ¡Venga! El brazo extendido. Sujeta el ferro con fuerza. ¡Así! Apretando fuerte. ¡Fuerte, he dicho!

La postura preferida de Alfonso. El espadón paralelo al suelo, apuntando hacia adelante. Y sin mover ni un músculo. Yo no era capaz de permanecer en aquella pose –que, además, se me antojaba de lo más ridícula– más allá del tiempo que se tarda en rezar el padrenuestro.

—Que... no... puedo... –le advertí, retorciéndome como una salamandra y luciendo en el rostro la expresión de aquél a quien están descuartizando vivo. Alfonso se me acercó a cuatro dedos de la cara.

—¿Lo ves? Así me gusta. El brazo firme, tieso. Como si te lo sujetasen con una cuerda desde el cielo.

—Nommmmpfff... aeggg... –le respondí.

—Aguanta, hombre. Aguanta –repitió, mientras se alejaba una docena de pasos–. Es fácil, Garcés.

—¿Mmmmmiiiggsssh...?

—Y ahora, atácame.

Dejé caer el brazo y miré a Alfonso con sorpresa.

—¿Que haga qué?

—¡Ya me has oído! -gritó–. Lánzate contra mí con todas tus fuerzas. ¡Vamos, no seas gallina!

—Pero, Alfonso, si yo no...

—Prometo no hacerte daño, Garcés. Vamos, hombre.

—No es eso. Es que...

—¡¡Que me ataques, ridieeez!!

El berrido de mi instructor me puso en marcha de golpe. Me lancé hacia adelante con toda decisión y traté de describir un buen arco con la espada. Sólo entonces me di cuenta de que, sin duda a causa del anterior esfuerzo, mi brazo derecho yacía en claro sopor. Que se me había dormido, vaya.

No sé qué ocurrió. Ignoro todavía qué extraño movimiento dibujé en el aire con el ferro. Sólo sé que, un instante después, el berrido de Alfonso se transformaba en aullido de dolor.

—¡¡Uuuuaaaaahh!!

Durante un segundo, nos miramos uno al otro con cara de asombro. Pasado ese tiempo, comprendí que había llegado el momento de salir huyendo.

Lo comprendí al ver mi espadón clavado en su pie izquierdo, atravesándoselo de parte a parte.

Como un jabalí

Poco después el abuelo Garci, con cara de circunstancias, majaba en un mortero de madera un manojo de hierbas cicatrizantes mientras el propio Alfonso amasaba el barro que serviría de base al ungüento.

—Parece que fue ayer cuando preparaba este mismo mejunje para la que fue mi primera herida, en una campaña de chicha y nabo contra unos nobles levantiscos, más rebeldes a nuestro rey don Pedro que el mismísimo Judas Iscariote –comentó el anciano, tratando de distraer al herido, que bufaba de cuando en cuando como un jabalí furioso.

—Sí, ya, ya... Entonces fue cuando estuviste a punto de morir ¿no es eso? –preguntó Alfonso.

—¡Quiá! Aquella no fue herida grave. Si acaso, algo bochornosa. Un traidor me propinó tal tajo en la nalga derecha, que estuve varios meses sin poder sentarme como Dios manda.

Alfonso echó a reír, a pesar del dolor.

—Pero ya es cierto –continuó el abuelo– que en un par de ocasiones vi la muerte bien de cerca. Una, por tierras de Berbería, en una correría sin importancia justo antes de que nuestro ejército arrebatase Sicilia a Carlos de Anjou. Un hombre odioso aquél, dicho sea de paso. La herida del costado, la peor, la que tú dices, la recibí durante unas revueltas de moros en Valencia. Y aun otra bastante seria, en el brazo izquierdo, durante la reconquista de Menorca.

—Mucho hace de eso.

—Sí, mucho. Primero, bajo el mandato del rey don Pedro, el más grande monarca que ha tenido y tendrá este reino. Y luego, durante el reinado de su hijo

Alfonso, muerto también hace ya tiempo. Total, esto es lo que me queda tras toda una vida: el honor de haber servido a dos buenos reyes... y una cicatriz en recuerdo de cada campaña.

Garci comenzó a aplicar la pomada sobre el pie del herrero, al tiempo que añadía con cierta sorna:

—Claro, que algunos no pueden decir ni eso, Bermúdez.

—Ni falta que hace. Como bien sabes, tan sólo participé en tres campañas; y ojalá hubieran sido menos. Por cierto que, en la última de ellas, ayudando al rey de Castilla, tuve ocasión de combatir junto a tu hijo García. Después, ambos hicimos juntos el camino de regreso hasta aquí.

Se ensombreció la mirada del anciano Garcés.

—Tú decidiste quedarte, y él... él no.

—Cada cual sabe lo que tiene que hacer, Garci.

El abuelo Garci suspiró largamente.

—Por eso sufro por mi nieto y me desespero viéndolo tan torpón y soñador. Si su padre no regresa en breve, no le quedará más remedio que emplearse en el oficio de las armas. Y no quiero que me lo maten en la primera escaramuza, Alfonso.

—Tranquilo, hombre. Todos estamos por ayudarle. Y aunque a ti no te lo parezca, algo importante sí ha aprendido en este tiempo.

—No puedo creerlo. ¿Qué es ello?

—Al menos, sabe cuándo es el momento de salir corriendo. ¡Ja, ja!

—Ja.

La Vía Lata

Tras dejar a Alfonso literalmente clavado en el sitio, corrí a refugiarme en mi escondite favorito: una pequeña cueva que se abría en la ladera de la gran peña y desde la que la aldea parecía mucho más hermosa.

Me sentía a gusto allí, no puedo negarlo, lejos de mis paisanos y de sus absurdas manías, dejando vagar la imaginación. Allí no tenía nada de qué avergonzarme.

De repente, un cercano relincho desmanteló mis pensamientos. Desde luego, no podía tratarse de alguien del pueblo, ya que en mi comarca los caballos brillaban por su ausencia.

Con todos los sentidos alerta me deslicé, silencioso como una lagartija, hasta una grieta desde la que podía ver sin ser visto.

Allí estaba. En principio sólo pude distinguir al animal, un hermoso caballo tordo, tan ricamente enjaezado que, de inmediato, supe que sólo podía pertenecer a algún importante señor del valle.

Avanzaba al paso, con dificultad entre los matorrales. Y en un instante, al descender de una breña cercana, quedó por fin el jinete a la vista.

Sentí entonces una oleada de asombro. Porque el jinete no era jinete sino amazona. Quiero decir, que se trataba de una chica; y no una chica cualquiera; no una chica como otras que yo ya conocía. De eso, nada. Aquella muchacha era la más bella de cuantas yo había tenido ocasión de contemplar hasta entonces.

Tuve que frotarme los ojos para convencerme de que no era un espejismo.

Tenía la piel blanquísima y el cabello tan negro que parecía despedir reflejos azulados. Pese a montar a horcajadas, como un hombre, la delicadeza de sus gestos la hacía aparecer a mis ojos como un ángel de los cielos. Suponiendo que los ángeles sean muy, muy guapos, claro.

De pronto, caí en la cuenta. Era una princesa, sin duda. Tenía que serlo. ¿Qué otra explicación podía tener tanta belleza junta?

Entonces volvió el rostro y su mirada se encontró con la mía. ¡Y vaya mirada! Sin respiración, me dejó.

—¡Por el santo Dios! -exclamó ella, dominando a su caballo-. ¡Vaya susto me has dado!

Yo abrí la boca sin conseguir articular palabra ante la princesa que cabalgaba como un hombre.

—Pero me alegro de encontrarte -continuó ella, recobrando su porte altivo-. Supongo que podrás indicarme el camino de regreso a la val. Me he separado de mi padre y de sus acompañantes y, aunque puedo verles allá abajo de cuando en cuando, entre tanto matorral no encuentro el sendero.

Yo estaba sudando. Sudando, y deseando que no se me notase. Logré sonreír y, con un gesto, le indiqué que me siguiese. Conocía una trocha cercana pero la llevé dando un rodeo hasta otra, mucho más alejada. Lo cual me dio ocasión de volverme a mirarla al menos media docena de veces. Y con cada mirada, más maravillosa me parecía.

—Por ahí es –le indiqué, por fin–. No tiene pérdida. Basta con que tengáis precaución y bajéis sin prisa.

Esbozó una sonrisa y emprendió la marcha. Y yo no quería que se fuera. Al menos, no de aquel modo. Así que, con una determinación que me sorprendió a mí mismo, la detuve a los pocos pasos.

—¡Eh, esperad! Ni siquiera me habéis dicho vuestro nombre.

Ella volvió hacia mí sus ojos, grandes y casi tan negros como su propio cabello.

—¿Por qué habría de hacerlo? –preguntó en un tono casi despectivo.

Y me encontré bajando la mirada, avergonzado. No sabía qué replicar. Por aquel entonces, yo carecía en absoluto de experiencia en el trato con princesas y, sin duda, había cometido una grave felonía al osar dirigirle la palabra de aquel modo.

Recuerdo haber musitado una torpe disculpa mientras comenzaba a alejarme. Entonces, ella volvió a hablar; y me pareció descubrir en su voz un tono menos distante.

—Ya que lo preguntas... soy la hija menor del barón de Goreia, el señor de estos contornos.

¡Zas! Ya lo sabía yo. La hija del barón, nada menos. Si mi abuelo se entera...

—Mi nombre es María –continuó ella–. Pero todos me llaman Viola.

Dudé en volver a abrir la boca. Pero lo hice, pese a todo.

—¿Viola? ¿Y qué clase de nombre es ése?

—Es una historia larga y complicada. No creo que tú...

—Me gustaría conocerla.

Tuve la sensación de que yo me sorprendía más que ella de mi propio descaro. Viola se limitó a encogerse de hombros.

Y así, sin descabalgar, fue relatando cómo, muchos cientos de años atrás, un gran pueblo que llegó de la ciudad de Roma construyó un magnífico camino de piedra que, partiendo de César Augusta, antiguo nombre de Zaragoza, avanzaba hacia el norte siguiendo el valle del río Gállego. Llamaron a aquel camino la Vía Lata, por ser tan llana como la palma de la mano. Con el tiempo, los cristianos levantaron, sobre un otero cercano, una pequeña ermita dedicada a la Virgen María que pronto fue conocida como la ermita de Nuestra Señora de la Vía Lata. El paso de los años y el hablar descuidado de las gentes hizo que "vía lata" se transformase en Violata, Violada o Violeta.

—Y de ahí viene Viola. Aunque mi nombre auténtico, el que me impusieron por bautismo, sea María de la Vía Lata. Un poco feo, ¿no crees?

Absolutamente embelesado, apenas logré un tonto balbuceo.

—¿Feo? ¿Feo? ¡Qué va! No, no... nada de eso. Es muy... muy hermoso. Muy, muy, muy hermoso. Hermosísimo. Muy hermosísimo. Mucho.

—¿Y tú? ¿Cómo te llamas?

—¿Yo? Mi nombre de bautismo es Garcés. Aunque todos me llaman... Garcés.

Viola me rió la ocurrencia. ¡Fantástico!

—Vivo aquí cerca, en Santa María –continué, animado por mi éxito–. Soy un almogávar.

Reconozco que me permití un puntito de orgullo en aquella afirmación.

—¡Un almogávar! –repitió ella, falsamente impresionada–. Nunca lo habría imaginado. Sinceramente, pensaba que un almogávar tenía otro aspecto. Lleváis tal fama de fieros y terribles...

—Bueno... No hay que fiarse de las apariencias, dice mi abuelo.

—Además, creía que los almogávares vivían todos más al oriente. En las tierras de Cataluña.

—Ni mucho menos. La mayoría sí son catalanes. Pero también hay almogávares navarros, castellanos y, claro, aragoneses.

Viola me miró un instante, volvió grupas y enfiló el camino de la val. Pero a los pocos pasos se detuvo de nuevo, pensativa.

—Lo cierto es que... hace ya un buen rato que noto sediento a mi caballo. Dime, Garcés, ¿no sabrás si hay por aquí algún arroyo donde dejarle abrevar?

Pese a mi nerviosismo, me di perfecta cuenta de que buscaba una excusa para evitar la despedida. El corazón me empezó a dar brincos.

—Si lo deseáis, puedo enseñaros la más bella cascada que podáis imaginar –propuse con entusiasmo.

—¿Una cascada en estos parajes? Parece imposible.

—No está cerca. Habríamos de caminar un buen rato.

Viola volvió a sonreír como una princesa.

—Realmente, no tengo prisa -dijo.

Tomé las riendas en la mano y eché a andar, ascendiendo el monte por lugares que conocía bien. De cuando en cuando miraba a Viola, que parecía distraída en la contemplación del paisaje. Sospecho que, cuando no la miraba, ella me miraba a mí.

—Decidme: ¿qué hacéis tan lejos de vuestro hogar? Goreia queda a varias jornadas de camino.

—Desde que tengo memoria, mi madre padece una languidez extraña que le impide salir de sus aposentos. Mis dos hermanas mayores ya no viven con nosotros y, no teniendo hijos varones, mi padre me permite acompañarlo en alguna de las cacerías que organiza.

—¿Acaso sabéis cazar? -pregunté, cada vez más asombrado.

—Me conformo con matar el aburrimiento que me produce la vida en el castillo. Pero si lo que preguntas es si sé manejar el arco...

De la silla del caballo tomó un arco que parecía haber sido hecho a su medida y, con movimientos rápidos y seguros, sacó una saeta de un carcaj adosado a la silla y la disparó sin apenas preparación. La flecha fue a clavarse en el tronco de un árbol delgadísimo situado a más de sesenta pasos.

—No... no está mal -dije, camuflando mi admiración- ...si en verdad apuntabais a aquel árbol.

—¿Qué insinúas?

—¡Oh...! El bosque es espeso aquí. No parece difícil que una saeta disparada al azar encuentre tarde o temprano un tronco en su camino.

Por toda réplica, Viola efectuó con rapidez dos nuevos disparos. Las flechas se clavaron cuatro dedos por encima y por debajo de la primera.

En posición de firmes, se me pusieron los pelos del cogote ante semejante demostración.

—¿Veis? Eso, ya es otra cosa –admití.

O de buen grado

A media tarde, la inquietud se había apoderado del séquito del barón. La baronesita no aparecía por ningún lado y se imponía dar cuenta a su padre de su ausencia.

Nicolás de Salz, capitán de la guardia y amigo personal de don Lope, fue el encargado de comunicarle las malas nuevas.

El barón, como era de esperar, montó en cólera.

—¡Buscadla! ¡Todo el mundo a buscarla sin descanso! ¡Ni un instante de reposo hasta que aparezca!

El capitán ya había organizado una batida e iniciado una investigación. No tardaron en llegar rumores inquietantes. Y poco después, la confirmación de esos rumores. Ya no había duda alguna.

—Algunos testigos vieron a vuestra hija acompañando, no sabemos si forzada o de buen grado, a un joven vecino de la aldea cercana.

—¿Cómo? –gritó el noble–. ¿Que me la han raptado esos desgraciados?

—Realmente, Lope, no sabemos...

—¡Si le han tocado un solo cabello no dejaré piedra sobre piedra de ese hediondo lugar! ¡Vamos todos allá! ¡Sin perder ni un momento!

Subiendo

Pero también en dirección a Santa María volaron las noticias.

—¡El barón se nos viene encima con toda su guardia! ¡A las armas! –se oyó de casa en casa, de era en era.

Alfonso el herrero corrió en busca de Garci para ponerlo al corriente del asunto.

—No hay duda: se trataba de tu nieto. La viuda de Ramírez lo vio subiendo el camino de la Chuata junto a una moza a caballo que no podía ser sino la hija del barón.

Garci se mesó los escasos cabellos.

—Este chico... no contento con amargarme a mí la vida, ahora va a traer la desgracia a todo el pueblo.

—Han salido seis hombres en su busca –prosiguió Alfonso–. Esperemos que den con los muchachos antes que las gentes del barón y que estén pronto todos de regreso. En caso contrario, se van a poner feas las cosas.

Bajo la cascada

El sol había recorrido la mitad de su camino hasta el ocaso cuando terminamos de contarnos la vida. Lo habíamos hecho a voz en grito para sobreponernos al fragor de la cascada.

Era extraño. El tiempo pasaba y yo seguía deslumbrado por el resplandor de aquella cuasiprincesa llegada de la tierra llana y lejana. Cuanto más la miraba, más hermosa me parecía. Lo que entraba ya en el terreno de lo inexplicable es que también ella parecía encontrarse a gusto en mi compañía.

El calor de la tarde, unido al ambiente húmedo y pegajoso que producía el batir de la cascada en su caída, nos producía una terrible incomodidad que Viola decidió combatir con una propuesta impensable.

—¿Y si nos bañamos?

Parecía una pregunta, pero no lo era. No lo era porque antes de que yo hubiese podido responder nada, ella ya se había despojado de parte de las ropas que vestía y se metía con decisión en el agua.

—¡Vamos, Garcés! Está estupenda.

—Voy, voy...

La verdad es que estaba helada pero, claro, no era cuestión de hacerse el melindroso.

—¡Ya lo creo! ¡Estupenda! –dije, temblando de frío.

—¡Vamos a pasar por debajo de la cascada!

—Pero, Viola...

—¿Qué?

—Pues que... No, nada, nada.

Aquella chica era un torbellino mucho peor que los que se formaban en el curso alto del río Gállego. Con ciertos apuros por mi parte, pasamos bajo la cortina de agua.

Allí, al otro lado, se abría un espacio mágico, entre el agua y la roca, de luz difusa y ecos soñadores. Sólo la cabeza y los hombros de Viola salían de la superficie y entonces sí me fijé en ella con detenimiento.

Decididamente, tenía los ojos más bellos que yo había contemplado nunca, de un color entre gris y azul oscuro que hasta entonces ni siquiera podía imaginar que existiera. El cabello, negro y casi tan corto como el de un chico. Y los labios... ¡por San Jorge! ¿Cómo podía tener aquellos labios tan hermosos?

Braceando con torpeza en el agua, me acerqué hasta Viola, que miraba a su alrededor, al parecer tan fascinada por el lugar en que nos hallábamos como yo lo estaba por ella. El remanso era más profundo de lo esperado y, al perder pie, no me quedó otro remedio que tenderle una mano. Ella la cogió y tiró de mí.

—Ay... menos mal. Casi me ahogo.

—¿Aún tienes frío? –me preguntó entonces.

—¿Qué? No. Ya... ya no –respondí, tragando saliva.

Y era cierto. Ya no tenía frío. Ni frío ni calor ni hambre ni sueño ni nada. Viola sonreía y yo trataba de aprenderme de memoria su sonrisa. Luego, por no perder de nuevo el equilibrio, la enlacé por la cintura. Cuando ella apoyó su cabeza en mi hombro pensé que la felicidad no es algo tan difícil de conseguir como decían los mayores.

Una amenaza impensable

Don Lope, enfurecido por las noticias ya confirmadas, mandó a sus hombres entrar en la aldea. Él mismo galopó hacia la puerta de la muralla de Santa María, hallándola cerrada y apuntalada. Desde las almenas cercanas sintió la amenaza silenciosa de una docena de saetas a punto de disparo.

—¡Abrid las puertas, hijos de rabiza y boque! –tronó el barón, utilizando deliberadamente su peor vocabulario–. ¡Soy vuestro señor natural y quiero a mi hija! ¡De inmediato!

La guardia del barón, lanza en ristre, hacía cabriolear sus monturas con nerviosismo. Los almogávares se limitaban a callar y esperar acontecimientos.

La ira de don Lope iba aumentando conforme caía en la cuenta de que no estaba en su mano hacer avanzar aquella situación a su antojo. Con los hombres de que disponía era impensable lanzar un ataque serio sobre la aldea.

Consciente de su inferioridad, decidió cambiar de táctica.

—¿Por qué me hacéis esto? –preguntó, más calmo–. ¿Acaso no os he tratado siempre con buena ley? ¿Qué ganáis dándome semejante disgusto? ¡Entregadme al culpable para que pueda castigarlo y respetaré personas y bienes!

Las palabras del barón no hallaron más respuesta que la aparición de un anciano en lo alto de la muralla.

—¡Barón! –exclamó Garci–. Es a mi nieto al que han visto con vuestra hija. Por todas las veces que los hombres de esta aldea os han servido con las armas, os pido que, en cuanto regresen, dejéis en mis manos su castigo.

—¡Nunca! –bramó el barón–. ¡Guardia, acabad con ese rebelde!

Desde cada recoveco de la muralla centelleó un dardo. Nicolás de Salz indicó a sus hombres, con una mirada, que desoyeran la insensata orden del barón.

Volvió a escucharse al abuelo Garci.

—Mi nieto es tan infeliz como obstinado, todos aquí lo saben. Mas no tengo otro y voy a defenderlo con el mismo coraje con el que luché a las órdenes de vuestro padre, tenedlo por seguro...

Una breve pausa y el tono de Garci se volvió sordo y personal.

—...Y si osas poner una mano sobre mi nieto, no encontrarás agujero en el que esconderte, ni guardia que te libre de mi brazo.

Y como confirmación de semejante amenaza, lanzó un dardo que fue a clavarse en el suelo, a dos palmos escasos de los cuartos delanteros del corcel del barón.

Palidecieron los habitantes de Santa María. Palidecieron los soldados. Palideció Nicolás de Salz. Palideció el propio barón ante semejante afrenta.

La realidad

Los vimos aparecer al doblar un recodo en el camino, cuando ya la luz del día escaseaba.

Los soldados enviados en nuestra búsqueda se habían unido a los almogávares que perseguían igual fin y, entre todos, formaban un numeroso grupo que no dudó en mostrar su alivio al echarnos la vista encima.

—¡Allí! ¡Allí están!

—¡Malditos críos!

—¡Habría que romperles todos los huesos! ¡Para que aprendieran!

—¡Dos semanas a pan y agua, los tendría yo!

Alivio que, sin embargo, se trocó de inmediato en preocupación sobre qué podía resultar más conveniente hacer a partir de ese momento.

Dudan unos y otros.

—¿Qué le diremos al barón?

—¿Qué le vamos a decir?: la verdad.

—¿Que han pasado la tarde juntos? Los matará a los dos. Y quizá también a nosotros.

—¿Y si los despeñamos y le decimos al barón que no dimos con ellos?

—No seas bestia, Froilán. Que eres muy bestia.

—¿Yo? ¿Por qué?

Alguno asegura, con poca convicción, que no hay por qué preocuparse. Que el barón nos perdonará apenas vea sana y salva a su hija.

Por fin, un soldado sugiere pedir consejo en la cercana abadía. Y todos se muestran encantados de poder traspasar la decisión a un tercero.

Para siempre

El barón se debatía entre la cólera y el temor. Habría querido arrasar la aldea, hacerla arder hasta los cimientos con todos sus moradores dentro. Pero allí no le bastaba alzar la voz para encontrar obediencia y no halló el modo de poner las cartas a su favor.

La noche había caído, empeorando las cosas. De pronto, cuando ya el nerviosismo de unos y otros era una cuerda a punto de romperse, tronó una voz desde lo alto de la muralla.

—¡Mirad! ¡Mirad aquello! ¡Allí, allí!

Todos volvieron la vista hacia el norte, desde donde descendía una comitiva extraña, de apariencia casi sobrenatural.

Una veintena de hombres, entre soldados, monjes y lugareños, portando teas encendidas, rodeaban al abad del monasterio quien, revestido de pontifical, con todos los signos de su poder espiritual y terreno bien visibles, conducía por las riendas el fatigado corcel de Viola.

En medio de enorme expectación, el abad se fue acercando hasta detener el caballo a veinte pasos del barón.

—¡Os entrego a vuestra hija sana, salva e intacta!

Declaró el abad, con voz tonante, algo impostada.

Don Lope echó pie a tierra y corrió hacia Viola, que descabalgó también.

—¡Hija! ¿Estás bien?

La abrazó con fuerza.

—Pidió consejo a un joven –continuó el abad, con tono de sermón dominical– para dirigirse a vuestro encuentro tras haberse extraviado. El muchacho, tratando de ayudarla, se extravió a su vez. Ésa y no otra es la razón de que hayamos estado tantas horas sin saber de ellos.

El barón entonces, como avergonzado de aquel primer arranque de cariño, apartó de sí a su hija y, sin mediar palabra, le propinó tal bofetón que la hizo rodar por los suelos. Y la habría golpeado de nuevo de no ser por la interposición del padre abad.

—¡Teneos, barón! Lo que hacéis no es digno de...

—¡Apartad! –mascculló don Lope, crispados los puños, con toda la rabia que da la propia vergüenza–. Os entrometéis en asuntos ajenos. ¡Se trata de mi hija!

Pero el abad no rebló ni una pulgada.

—Tengo la seguridad de que os la devuelvo intacta de cuerpo y de alma. ¿O acaso dudáis de mi palabra, señor de Goreia?

La respuesta del barón fue una mirada larga, terrible y silenciosa.

—¡Vámonos! –exclamó de pronto, dando la espalda al abad–. Regresemos al campamento.

Aún se volvió una vez más hacia la muralla de Santa María. Señaló con el índice izquierdo a Garci Garcés.

—Sois un pueblo de ingratos y de bandidos. Pero, tiempo al tiempo, nos hemos de ver las caras de nuevo, anciano. En cuanto a tu nieto, más le vale desaparecer para siempre de mi vista y de mis dominios. ¡Para siempre, he dicho! Si sé de su paradero, puedes darlo por muerto.

Montó en su corcel y clavó espuelas.

El capitán Nicolás de Salz echó pie a tierra, recogió a Viola, que aún lloraba tendida en el suelo, y la sentó sobre la silla de su propio caballo.

Apenas el séquito del barón hubo desaparecido, el venerable abad tuvo que buscar apoyo en un árbol cercano.

—¡Ay, buen Dios! –gimió– ¡Qué miedo he pasado!

Alfonso el herrero le palmeó la espalda afablemente.

—Os habéis portado como un almogávar, padre.

—Espero no tener que hacerlo con frecuencia. He empapado de sudor hasta los calzones.

El abuelo Garci se aproximaba también a buen paso.

—Gracias por vuestra intervención, buen abad. En cuanto al cabezarrota de mi nieto, lo supongo refugiado en vuestro convento.

—Suponéis bien.

—Me haréis la merced de enviarle hacia aquí cuanto antes.

El abad miró a Garci con sorna.

—Mañana lo haré, buen amigo. Permitid que pase esta noche con los monjes. Eso permitirá que se serene su ánimo... y el vuestro.

—¡Vamos, padre! ¿No creeréis que yo...?

El abad alzó las manos.

—¿Creer? Yo no creo nada, excepto en Dios Nuestro Señor. Pero vuestro nieto pasará la noche en la abadía... por si acaso. Hasta mañana, Garci.

El cristal oscuro

Las estrellas semejaban un puñado de arroz arrojado con descuido sobre el cristal oscuro que encierra el mundo. Ellas son el verdadero equipaje del guerrero; lo único propio que lleva siempre consigo, por lejos que se encuentre de su tierra.

Contemplaba yo esas estrellas a través de los ventanales de la abadía. Pensaba aún en Viola, claro está. Volví a dibujar su rostro en el recuerdo. Su voz. Sus ojos. (¡Qué ojos!). Su mirada. Esa mirada indescifrable para alguien como yo...

Sentía aumentar mi impaciencia mientras aguardaba el regreso del abad y del resto de quienes habían llevado a Viola junto a su padre, el barón. Esperaba algo de ellos. No sabía qué.

Incapaz de serenarme, comencé a recorrer el monasterio.

Pasillos interminables, puertas cerradas, toques de campana. En alguna parte, los monjes, entonando esos cánticos tristes, que tanto me amedrentaban.

Tras pasar, a través de un pasadizo abovedado, a una zona interior, logré distinguir en medio de la creciente oscuridad, una sinuosa escalera de piedra. Ascendía, adosada al muro, hasta una puerta entreabierta; y la claridad que por ella escapaba atrajo mi atención de tal modo que me decidí a subir con cautela los peldaños.

Al asomar la vista al interior de la estancia, me invadió una oleada de asombro.

Eran libros. Cientos y cientos de ellos, abarrotando el espacio, cubriendo los muros por completo, contemplando la estancia desde anaqueles combados bajo el peso de la sabiduría.

Al fondo, un monje decrépito me miraba sin sorpresa, acodado en una mesa de roble sobre la que tenía dispuesto para la lectura un manuscrito enorme.

—¿Quién eres, muchacho? –preguntó con la voz acuosa, como si estuviese a punto de hacer gargarismos.

Tragué saliva, dudando entre responder o salir huyendo.

—Soy... Garcés. De la aldea de Santa María. ¿Y vos?

—Soy el hermano Gabriel, el bibliotecario.

Parecía un hombre encantador. E irradiaba sabiduría.

—¿Qué te ha traído hasta aquí, Garcés de Santa María?

Impulsado por una repentina a inexplicable confianza, traspasé el umbral antes de responder.

—El padre abad me ha aconsejado que pase aquí la noche. Estoy esperando su regreso.

El monje asintió suavemente y se enfrascó de nuevo en la lectura.

—¿Puedo... echar un vistazo? –pregunté, al poco.

—Ya lo estás haciendo ¿no?

Yo nunca había visto libros de cerca. Sabía cómo eran, claro, pues el abuelo me lo había explicado. Pero la idea que me había formado de ellos difería en gran manera de la realidad.

—De modo que eran así...

Los había allí de todos los tamaños. Y los más grandes resultaban ser muchísimo mayores de lo que nunca había supuesto.

Sobre otra mesa vi uno abierto, con dibujos, y me acerqué a contemplarlo. Aun a la débil luz de las bujías, pude apreciar la magia que se desprendía de aquellos signos indescifrables. Y el encanto de sus colores. Nunca había contemplado carmines tan vivos, ni azules tan intensos. Y el oro de aquellas láminas refulgía incomparablemente más que el de las monedas de la arqueta del abuelo.

—Son hermosos ¿verdad?

—Oh, sí... –susurré, fascinado, acariciando los pergaminos.

El anciano se levantó y comenzó a mostrarme algunos de los más bellos ejemplares de la biblioteca.

Sentí crecer mi asombro con cada página y con cada miniatura.

—¿Y... qué dicen los libros?

El bibliotecario afiló la mirada. Su expresión recordaba la de un zorro viejo.

—Tantas y tantas cosas, mi joven amigo... Ellos tienen la respuesta a todas las preguntas; la solución a todos los problemas. Dime, Garcés: ¿cuál es tu problema?

—¿Mi problema? Yo... yo no tengo ningún problema.

Dije. El monje esbozó una media sonrisa.

—Por supuesto que lo tienes. De no ser así, no estarías refugiado en esta abadía. ¿De qué se trata, di? ¿Un odio? ¿Una venganza? ¿O, acaso, un... amor?

—Un amor, sí –reconocí, con sonrojo–. Creo.

El fraile sonrió por debajo de su larguísima barba blanca.

—¡Un amor, naturalmente! Pues bien, si supieras leer, encontrarías remedio para tu asunto sin salir de estas cuatro paredes. Puedes estar seguro de ello.

Seguía hojeando volúmenes, acariciando las gruesas páginas, palpando el relieve de las tintas con las yemas de los dedos. Era como... como el mar: por mucho que alguien te lo explique no llegas a comprenderlo realmente hasta no contemplarlo con tus propios ojos.

—Pero... vos sabéis leer. ¿No podríais preguntarles a los libros en mi nombre?

El anciano alzó levemente las cejas.

—Podría ser, sí... Hagamos una cosa, Garcés: medita tu pregunta; luego, escoge un libro y yo leeré la respuesta que encierra.

—¿Un libro? ¿Cuál?

—Deja que tu corazón lo elija por ti.

La temblorosa luz de las velas proyectaba curiosas sombras sobre las hileras de lomos de cuero. De pronto, lo vi.

—Preguntadle al libro que tenéis ante vos, hermano Gabriel. Ese que estabais leyendo cuando entré.

El viejo monje concedió, con un leve movimiento de cabeza.

—Es un libro difícil, éste. Su autor hablaba como nosotros pero escribía con los signos de otro idioma, al que llaman hebreo. Voy a leerte una estrofa.

Sin mirar, sólo acariciando lo escrito con los dedos, el hermano Gabriel recitó:

Garid vos, ay yermanillas
com' contener a meu male
Sin el habib non vivreyu:
¿ad ob l'irey demandare?

Parpadeé, confuso.

—No he entendido nada...

—Es el lamento de una enamorada y significa, más o menos:

"Decidme, ay, hermanas mías,
cómo contendré mis males.
No podré vivir sin mi amor.
¿Adónde lo iré a buscar?"

Repetí para mí, despacito, los dos últimos versos. Luego, me encaminé hacia la puerta.

—Espero haberte servido de ayuda, Garcés de Santa María.

—Oh, desde luego, hermano. Desde luego que sí...

Cuando estaba a punto de salir me volví de nuevo hacia el bibliotecario.

—Decidme, hermano Gabriel: ¿Es difícil aprender a leer?

—Oh, bueno, bueno.... No lo es tanto como la gente piensa. Es como comunicarse con hombres de otros países. Basta con aprender su idioma. En este caso, el idioma de los libros.

—A mí se me antoja tan complicado como la lengua de los vascones, los hombres del norte, que parecen hablar al revés.

—¡Oh, no! Es muchísimo más fácil, te lo aseguro.

Deslicé una mirada circular por la estancia.

—Creo que me gustaría aprender a leer. Aunque no estoy seguro de que sirva de mucho. Al fin y al cabo, todos los libros están guardados en los monasterios, ¿no es así?

El hermano Gabriel ladeó la cabeza. Me pareció que sentía aquella pregunta como un reproche.

—No todos –aclaró entonces–. Faltan, sin duda, los más interesantes.

—¿Cuáles son?

—Los que aún están por escribirse.

Se puso en pie y comprendí que nuestra entrevista tocaba a su fin.

—Recuerda siempre esto, fiero almogávar: por muy trascendental que sea aquello que un hombre haga en su vida, pronto caerá en el olvido si nadie lo pone por escrito.

Asentí poco a poco, conforme iba comprendiendo el significado de sus palabras y terminé contemplando al viejo fraile con sincera admiración.

Con admiración y con envidia.

Y es que aquel hombre podía hablar con los libros.

Decisiones

—Muy reconcentrado te encuentro, pedazo de insensato –gruñó Marcos Tronchón a la mañana siguiente, tras abrir la puerta de la celda que los monjes me habían asignado para pasar la noche.

Marcos era uno más de los habitantes de Santa María. Compañero de armas del abuelo Garci, hacía estupendas cestas de mimbre en sus ratos libres y tenía un genio de mil demonios. Yo lo encuadraba en el mismo grupo que a Alfonso el herrero. O sea, un buen tipo, más bruto que un buey.

—Me has asustado, Marcos. Estaba pensando...

—...En lo que no debes, a buen seguro. Pues espabila, que traigo órdenes de tu abuelo, bien meditadas y discutidas por todo el pueblo. Y la opinión ha sido unánime: que cuanto más lejos te vayas durante una buena temporada, mejor para ti y para todos. El barón estaba ayer noche que echaba espumarajos por la boca.

—Algo me contó el padre abad.

—Pues lo dicho: Si podemos conseguir que durante unas cuantas semanas no tenga rastro ni noticia de ti, quizá las aguas vuelvan a su cauce. De modo que aquí te traigo una alforja con pertrechos para que este mismo atardecer te pongas en camino hacia Agüero.

—¿Agüero?

—¡Sí, Agüero he dicho! ¿O es que hablo bable? Allí tiene tu abuelo un buen amigo, Blas Portáñez, a quien dicen "el cojo" por ser cojo. Te presentas a él y, si aún no sabe del asunto, cosa que me extrañaría, lo pones al corriente de todo. A partir de ese momento, le has de obedecer como a tu propio padre. ¿Está claro?

El gruñido disconforme que lancé como respuesta no fue nada bien recibido por el cestero.

—¡Escúchame bien, mocé! –me espetó–. Menos humos, que tus hazañas se cuentan por perjuicios para los demás. Tu abuelo lleva un disgusto que no se tiene en pie. Alfonso el herrero tampoco se tiene en pie, pero él, por culpa del espadazo que le propinaste ayer tarde. Tú mismo te has librado de una buena por poco y gracias a la intervención del padre abad; pero si insistes en contravenir las leyes de la naturaleza, perderás la vida y nos llevarás a todos a la ruina. Mira que raptar a esa baronesica... ¡Como si no hubiera mozas de buen ver en Santa María!

—¡Te equivocas, Marcos! ¡Yo no la forcé! ¡No la engañé! ¡Ella vino conmigo de buen grado!

—¡Peor aún! ¡Cosa del diablo, sin duda! Si Dios os hubiera querido ver juntos, habrías nacido noble o ella villana.

Bajé la vista, aturdido. Había algo en todo aquel asunto, que yo no acertaba a comprender. No tenía la sensación de haber hecho algo malo.

—¿Por qué no ha venido mi abuelo? –pregunté.

—Cree que hay gentes del barón que vigilan sus movimientos. Me ha rogado que sea yo quien te comunique las decisiones tomadas. Espera volver a verte pronto. Y que te cuides mucho hasta entonces, dice.

Última hora

Comí con los monjes, esperé la caída de la tarde y acudí entonces a despedirme del abad.

—Gracias por todo cuanto habéis hecho por mí, padre.

—Espero que haya servido de algo, hijo mío. Ve con Dios.

Estaba a punto de salir de la estancia cuando recordé mi entrevista de la pasada noche.

—Y, por favor, despedidme del hermano Gabriel.

El abad parpadeó.

—¿De quién, dices?

—Del hermano Gabriel, el bibliotecario. Ayer a última hora estuve con él. Decidle que agradezco infinito sus consejos.

El padre abad frunció el ceño.

—¿Ayer? Eso no es posible. Has debido de soñarlo, sin duda. El hermano Gabriel murió hace dos meses. Y su biblioteca permanece cerrada desde entonces.

Con certeza

Al salir del monasterio, mi cabeza era un mar de dudas.

Inicié camino hacia Agüero sin mucha convicción. Y tener la certeza de haber conversado pocas horas antes con un espectro no me ayudaba lo más mínimo a centrar mis pensamientos.

Sin embargo, por encima del barullo que me alborotaba la mente sobresalían, precisamente, las palabras de mi fantasma favorito, el hermano Gabriel:

"No podré vivir sin mi amor.
¿A dónde lo iré a buscar?"

Me detuve. Giré sobre mis talones y me puse de nuevo en camino. Pero no hacia Agüero. Le podían dar morcilla a Agüero y al cojo Portáñez.

El castillo de Goreia sería mi destino.

Allí estaba Viola. Necesitaba volver a verla. Tenía que preguntarle si también ella me veía en sueños.

Baronía de Goreia. Mayo de 1302

Por ella

Iban a ser tres jornadas de camino. Cuatro, quizá. Y en la alforja que me envió el abuelo sólo encontré media hogaza de pan, media vuelta de chorizo y dos manzanas. Suficiente para llegar hasta Agüero pero no para bajar hasta la ribera. Ni, mucho menos, para volver.

Pero, ¿quién podía pensar en volver?

Aunque jamás había visto el castillo del barón, sabía que bastaba con seguir el curso del río Gállego para dar con él. Sin embargo, no era ése el mejor camino, por ser el más expuesto. Así que, prudentemente, fui dando largos rodeos, que se me hacían interminables. Aquel primer día sólo me introduje en el cauce en un par de ocasiones y, aun eso, por no ver otra posibilidad de avanzar.

Al caer la noche, seguí caminando, a la luz de la luna creciente.

Tras dormir las últimas horas de la madrugada y las primeras del día, proseguí camino. Esa segunda jornada, llegado el momento del almuerzo, había ya consumido todas las provisiones.

A mediodía, ayuné sin dificultad. Por la noche, ya fue otro cantar. Mi estómago protestaba a voz en grito y me resultó difícil conciliar el sueño.

A la mañana siguiente me levanté con un hambre canina y emprendí la marcha de inmediato, dispuesto a distraer la gazuza. Se acercaba el momento que tanto había temido: el de abandonar los parajes abruptos que habían sido mi hogar y mi mundo hasta ahora y enfrentarme a la desprotección de la tierra llana.

El encuentro con la llanura fue emocionante. Siempre recordaré el suave vértigo que me produjo lanzar la vista más lejos de lo que lo había hecho hasta entonces. La sensación de que la distancia que me separaba del horizonte era mucho mayor que la existente hasta el sol.

Mientras descendía las últimas estribaciones montañosas, una hermosa liebre me arrancó casi de los mismos pies, recordándome la necesidad de procurarme alimento cuanto antes. Yo sabía que conejos y liebres duermen de día, así que imaginé que aquella iba camino de la cama. Si lograba encontrar su madriguera no me sería difícil darle caza. Comencé a dar vueltas tratando de hallar una pista, encontrar unas huellas o, simplemente, tener suerte. Lo cierto es que resultó una tarea mucho más complicada de lo esperado y estaba a punto de rendirme cuando, por fin, encontré un rastro indudable.

"Tiene que estar ahí..."

Me dije. Tras coger un pedrusco, retiré suavemente unos tomillos y... ¡en efecto! Allí la tenía, arrebujada, perfectamente camuflada en su pelaje pardo. Mientras le lanzaba la piedra con toda mi alma, no pude evitar una leve sensación de culpa. Pero se disipó enseguida, empañada por el hambre.

Corté las dos patas traseras y las desollé lo mejor que supe. Encendí fuego y, sin sazonar y algo sanguinolentas, di buena cuenta de ellas. Tras el almuerzo, me sentí eufórico; y dispuesto a enfrentarme al resto de mi viaje.

El castillo

A mediodía de la cuarta jornada, avisté el castillo.

Se alzaba sobre una pequeña elevación del terreno. Presentaba un extraño aspecto tras haber sido en sus orígenes alcazaba y mezquita y haber intentado sus posteriores moradores cristianos borrar todo rastro del origen musulmán. En su centro, en la zona más resguardada, se alzaba la torre principal en donde, con casi toda seguridad, tenía que hallarse Viola.

Habría vendido mi alma al mago que me hubiese permitido entrar sin ser visto en la fortaleza y materializarme junto a Viola en el más tranquilo momento de la noche.

Pero los deseos no sirven para escalar muros de piedra. Tenía que trazar una estrategia si quería llegar hasta ella.

Dediqué el resto de la mañana a rodear el castillo a prudente distancia, tratando de descubrir algún acceso.

El portillón por el que se arrojaban al exterior los desperdicios de la cocina aparecía como el camino más factible, pero los alrededores del castillo se hallaban tan libres de obstáculos que no existía forma de acercarse a sus muros sin ser descubierto por los centinelas. Tampoco se podía confiar en la protección de la noche ya que, al llegar la oscuridad, era seguro que todos los accesos se cerrarían a cal y canto.

Empezaba a temer que mi arriesgada expedición al valle hubiera sido baldía cuando atisbé la posibilidad de que la ayuda me llegase del cielo.

Durante todo el día había imperado un calor agobiante, pegajoso y gris. A partir de media tarde, el cielo se atiborró de nubes oscurísimas. Comenzaron a escucharse truenos cada vez más cercanos. Y en mi cabeza comenzó a bullir una esperanza.

Una fuerte tormenta podía concederme la oportunidad que estaba buscando para acercarme a las murallas sin ser visto. Por desgracia, al mismo tiempo, semejante idea me horrorizaba porque desde muy niño había sentido un pánico irracional hacia las tormentas. Me bastaba contemplar el cielo cubierto para sentir náuseas. Un trueno cercano me obligaba a refugiarme debajo del catre, dando alaridos. Cada relámpago se me antojaba el anuncio del fin del mundo.

Imposible. No podría hacerlo. Y menos, allí, en la planicie, al descubierto, sin siquiera la protección aparente de la Chuata y la Ralla, las dos montañas que dominaban Santa María y que parecían guardar de todo mal a sus habitantes.

Y, sin embargo, allí radicaba mi única posibilidad de éxito.

Un trueno muy próximo, seco y metálico, como ruido de martillo sobre yunque, me desbocó de pronto el corazón. Busqué con la mirada algún refugio y sólo encontré un pequeño bosquecillo compuesto por dos docenas de sabinas viejísimas. Pese a que los ancianos aconsejaban no guarecerse de las tormentas bajo los árboles, corrí hacia allí.

Casi de inmediato, se agrietó el cielo y comenzó a diluviar. Y digo diluviar porque aquello no era llover, no. Más que lluvia era una catarata tan grande como el valle entero.

Aferrado al tronco de uno de los árboles, apretando los dientes con fuerza, trataba de dominar el pánico consiguiéndolo sólo a medias.

—¿Qué hago aquí? –grité de repente, con rabia– ¡Es la oportunidad que esperaba! ¡Tengo que aprovecharla!

Con gran esfuerzo conseguí pensar en Viola. ¡Sí! ¡Lo haría por ella!

Más fuerte que el miedo

Corrí hacia el castillo. En mi carrera resbalé por dos veces, cayendo de bruces sobre el suelo encharcado, pero me incorporé con rapidez.

Cuando ya me sabía cerca de los muros, un rayo se precipitó a tierra a media legua de distancia. Tuve la sensación de que había caído a sólo cincuenta pasos. Lancé un alarido mientras seguía avanzando, impulsado por fuerzas desconocidas.

Ascendí la falda de la colina corriendo como un poseso. La oscuridad era casi nocturna, pero disipada de continuo por el resplandor de relámpagos y centellas.

El castillo tenía que hallarse ya a muy poca distancia y, sin embargo, aún no lograba verlo. La lluvia lo borraba todo. Al menos, tenía la seguridad de que los centinelas del barón padecerían el mismo inconveniente.

Casi me golpeé contra los sillares de piedra de la muralla exterior. Aparecieron ante mí de improviso, como surgidos de la nada. Tras unos segundos dedicados a recuperar el resuello, comencé a escalar la muralla. La piedra chorreante resultaba resbaladiza pero la argamasa era antigua y de mala calidad, así que los rejuntados se hallaban tan hundidos que permitían un magnífico apoyo.

Sin olvidar el miedo ni por un instante, la vista fija en el portalón de las cocinas, seguí trepando durante un tiempo que se me antojó interminable. En el peor momento, ya casi logrado mi propósito, resbalé, perdí el apoyo de los pies y quedé colgando de una sola mano.

Recuerdo que gemí de dolor pero, apretando los dientes, aguanté, me así de nuevo a las piedras y, con un esfuerzo titánico, logré alcanzar la abertura e introducirme por ella.

¡Por fin! ¡Estaba dentro del castillo!

Empapado hasta el tuétano, con el miedo atenazándome las piernas, conseguí llegar, reptando, hasta un rincón de la estancia y allí, acurrucado como un gato, esperé a recobrar, poco a poco, el calor, el movimiento y, al menos en parte, la serenidad perdida.

¡Increíble! ¡Lo había conseguido! Había corrido bajo una de las tormentas más pavorosas que recordaba. Los abuelos se habrían sentido orgullosos de mí.

Sólo entonces me detuve a contemplar por primera vez el lugar en que me encontraba.

Grandes mesas con vajilla. Una amplia losa de piedra en uno de cuyos extremos se veía un tocón de madera. Y, clavada en el tocón, un astral de buen tamaño. Toneles de vino. De ganchos encarcelados en la pared, colgaban varios corderos abiertos en canal. En el centro, un fuego; y sobre el fuego, un enorme caldero de cobre lleno de agua a punto de hervir.

Nadie a la vista.

A su manera

Viola, en apariencia, contemplaba la tormenta. En realidad, miraba al vacío. Se sentía confundida por el recuerdo de aquel almogávar tan poco común al que conociera jornadas atrás. Le resultaba extraño que cinco días después del incidente siguiese inquieta por aquel encuentro.

—¿Por qué no me cuentas lo ocurrido, Viola?

La chica volvió hacia su madre una mirada sorprendida. Comprobar que mostraba interés por algo, la alegró en gran medida.

—Lo haré, si así lo deseas –respondió– pero creo que mi padre ya te ha puesto al corriente de todo.

—Tu padre suele contar las cosas a su manera. Me gustaría oír la tuya. Se trata sin duda de algo importante. No eres la misma desde que volviste de la cacería.

—Sólo estoy... algo confusa –murmuró Viola, tras sonreír con un deje de tristeza.

A continuación, comenzó su relato. Viendo el interés que despertaba en su madre, acabó por revelarle muchos de los detalles que pensó que siempre guardaría para sí.

Doña Leonor la miraba con atención, cosa inaudita. La seguía con la vista mientras caminaba de un lado a otro de la estancia o se asomaba a la ventana para contemplar la tormenta.

Viola disfrutaba con aquellos momentos de lucidez, tras tanto tiempo de ausencias y desvaríos.

Al terminar la narración, la chica buscó los ojos de su madre para encontrarse, como tantas veces, con una mirada sin fondo.

—No deberíamos dejar que las cosas fuesen así –murmuró entonces doña Leonor–. Al menos tú, merecerías ser dichosa.

Al oír aquello, Viola tuvo la certeza de que el mal que aquejaba a su madre no era otro que la infelicidad.

Sólo lo justo

Permanecí unos minutos junto al fuego, tratando de secar mis ropas empapadas, mientras fuera seguía tronando endemoniadamente.

Apenas dejé de tiritar, comencé a trazar mi estrategia.

¿Qué deseaba, finalmente? Sin lugar a dudas, encontrar a Viola y estar con ella a solas el mayor tiempo posible. Estaba dispuesto a confesarle todos mis sueños y a tratar de averiguar hasta qué punto coincidían con los suyos. Y, de ser así, rogarle paciencia. Asegurarle que, si las estúpidas leyes de los hombres impedían que nobles y plebeyos pudieran quererse, yo cambiaría esas normas o me haría digno de ella.

Apoyé la oreja en la puerta sin escuchar nada sospechoso, de modo que con sumo cuidado, la abrí sólo lo justo para poder deslizarme fuera.

Al abandonar la cocina me encontré en un corredor estrecho y lóbrego. Al fondo, un guardia contemplaba distraído la tormenta a través de una tronera. Pasé tras él, silencioso como un suspiro y, después de cruzar bajo un arco, me encontré frente a una doble escalera.

¿Izquierda o derecha?

Voces que se acercaban desde lo alto decidieron por mí. Con el corazón en la garganta, trepé por la derecha hasta ocultarme tras un tapiz que colgaba del muro.

Mis ropas continuaban empapadas y comencé de nuevo a sentirme aterido de frío. Pero no podía dejar que mi mente también se entumeciese. Tenía que pensar rápido. Hallar el modo de dar con Viola.

Cuando las voces se perdieron continué mi ascensión, tratando de llegar a la torre del homenaje, donde suponía que estarían sus habitaciones y las de sus padres. Lentamente, esquivando centinelas de trecho en trecho, fui recorriendo toda la zona exterior del castillo hasta convencerme de que sólo existían dos accesos posibles a la torre. Uno suponía entrar por la puerta principal, por lo que había que descartarlo. El otro implicaba salir al exterior, recorrer una parte de la muralla y luego caminar sobre un muro de refuerzo que unía aquella con la torre, subir hasta las almenas escalando parte de la fachada y deslizarme desde allí hasta el interior.

Cuando cesase la tormenta, la vigilancia de los centinelas haría imposible seguir ese recorrido. Tenía que hacerlo ahora. Tenía que enfrentarme de nuevo a mi propio miedo si quería llegar hasta Viola.

La furia de los elementos había menguado sólo ligeramente cuando volví a salir a la intemperie. Tiritaba como un azogado mientras avanzaba por el pasillo superior de la muralla. Con mil precauciones, empleando un tiempo que se me antojó interminable, logré alcanzar el comienzo del muro de refuerzo.

Pero quedaba lo peor. Ahora debía caminar sobre él hasta la torre. El muro apenas tenía un codo de anchura. Si resbalaba, la caída sería mortal.

Comencé el avance ligeramente encorvado, con lentitud. Un pie delante de otro. Así, así... un paso, otro, otro más...

Hasta sangrar

Cuando había recorrido la mitad de la distancia, cayó el rayo.

Lo hizo sobre la esquina opuesta del castillo, a menos de ochenta pasos de mí, haciendo temblar los muros, lanzando al aire esquirlas de piedra al rojo vivo y produciendo el sonido más aterrador que yo hubiera escuchado nunca.

Debí de gritar, aunque no lo recuerdo.

Sí recuerdo que me arrojé de bruces y me abracé al muro como una lapa, oprimiendo mi frente contra la piedra hasta sangrar. Creo que llamé a mi madre.

Tras aquello, tardé una eternidad en reunir fuerzas para continuar el avance. Pero lo hice, al fin. Arrastrándome como un gusano, desgarrando ropa y carne, astillándome todas y cada una de las uñas de las manos, me fui acercando a mi objetivo. Cuando hube llegado, el resto del empeño me pareció baladí: trepé con facilidad por los salientes de la fachada de la torre y busqué la entrada superior.

Verme de nuevo a cubierto me devolvió las fuerzas. Ya no tenía frío. Me sentía seguro y confiado en el triunfo.

A través de un pasadizo estrechísimo, llegué hasta una galería que rodeaba la torre. Con la lentitud de un lagarto, conteniendo la respiración, fui asomándome por encima de la balaustrada de piedra. Distinguí primero la figura de una mujer joven, hermosa, ataviada con lujo, que reía mientras ensartaba anillas en un cordel. A su lado otra, de más edad, muy pálida pero cuyos ademanes irradiaban nobleza y distinción, bordaba en un bastidor. Poco más allá, dos jóvenes damas disputaban una extraña partida, moviendo piezas redondas sobre un tablero de cuadros blancos y negros. Y el juego parecía divertirlas sobremanera.

De pronto, asomada a la ventana, descubrí a Viola.

Me oculté de nuevo, apretándome al tiempo el rostro con ambas manos para no delatar mi presencia con un grito de júbilo. El corazón se me había desbocado de tal manera que estaba seguro de que sus latidos habían de oírse por encima de los leves cuchicheos de las damas. Cerré los ojos, tratando de calmarme, hasta que fui capaz de nuevo de respirar hondo y pausado.

En ese momento, sentí en el cuello un contacto agudo y frío que me paralizó el pulso. No tuve necesidad de verlo para identificar su origen.

Se trataba, sin duda, de la punta de una lanza.

Ninguna estupidez

Uno de los soldados me reconoció enseguida.

—Sí, mi capitán. Es él, sin duda: el chico que estaba con la hija del señor barón el día de la cacería.

El capitán Nicolás de Salz asintió con un resoplido al tiempo que los señalaba con el índice.

—Que nadie se vaya de la lengua. Punto en boca sobre la presencia de este chico en el castillo. ¿Está claro? Y ahora, volved a vuestro puesto.

—A la orden, capitán –exclamaron los guardias al unísono, mientras se cuadraban sin mucho entusiasmo.

Cuando ya iban a cruzar la puerta, el oficial les lanzó un chistido.

—¡Eh! Habéis hecho un buen trabajo. Se tendrá en cuenta.

Los soldados cambiaron ahora una mirada satisfecha.

Nicolás de Salz recorrió la estancia por dos veces a grandes zancadas antes de encararse conmigo.

—¿Se puede saber cómo has entrado en el castillo? ¿Y qué demonios estás haciendo aquí? ¡Contesta, chico!

—He venido a ver a Viola. Necesito hablar con ella –afirmé, aún aturdido, tratando de controlar el temblor de mi voz.

El capitán volvió a resoplar, brazos en jarras.

—Maldito crío. En buen lío nos estás metiendo a todos.

—¿Vais a llevarme ante el barón, capitán?

—¿Ante el barón? –exclamó él– ¿Qué clase de necio eres, di? Si el barón se entera de que estás aquí, lo mismo te manda desollar vivo. Calla y déjame pensar qué diantres podemos hacer contigo. ¡Maldito seas mil veces!

Nicolás de Salz volvió a gruñir como una fiera acosada.

—Si tuviera la certeza –murmuró para sí– de que no iba a suponer un perjuicio para su ánimo, lo mejor sería confiarle todo a Leonor...

Debió de notar mi sorpresa y se corrigió de inmediato.

—A la señora baronesa, quiero decir.

Lo dijo de tal modo que intuí al instante que no debía considerar a Nicolás de Salz como un enemigo sino, muy al contrario, como un inesperado y valioso aliado. Esa intuición me impulsó a confiarme a él.

—Tengo que verla, capitán –exclamé, con todo el entusiasmo que era capaz de expresar–. Aunque sólo sea durante el tiempo de un abrazo. Comprendo que el riesgo es alto y que, en cualquier caso, no vais a obtener otra recompensa que mi gratitud, que nada vale.

Pese a todo, me atrevo a suplicaros que, si está en vuestra mano, me ayudéis... a lograr mi propósito.

—Ya, ya, ya –cortó Nicolás–. No intentes embrollarme más aún de lo que estoy.

Nicolás dio otras dos o tres grandes zancadas antes de encararse conmigo de modo definitivo.

—Escucha bien, mocoso: vas a aguardar aquí mi regreso. Te dejo sin vigilancia por no poner al corriente de tu presencia ni a una sola persona más de las necesarias. Espero que correspondas a mi confianza no intentando ninguna estupidez por tu cuenta.

Las palabras del capitán debieron de iluminarme el rostro.

—Perded cuidado, capitán.

Al otro lado de los muros, cesaba ya la tormenta.

A cualquier precio

—Decid a la señora baronesa que deseo verla.

Cuando la dama de compañía desapareció, dispuesta a dar curso al mensaje, Nicolás de Salz se apoyó en el quicio de la puerta. No sabía qué iba a decirle a Leonor. Ignoraba, asimismo, el efecto que tendrían en ella sus palabras, fueran éstas cuales fueran. Sólo sabía que no deseaba sentirse aún más culpable.

Amaba a Leonor. Siempre la había amado. Desde muy joven. A pesar de ello, quizá habría podido ser feliz de haber logrado ignorar ese sentimiento. Pero, uno tras otro, cometió todos los errores posibles. El primero, hacerle conocer a ella su amor, aun sabiéndolo imposible, para así comprobar que era correspondido.

Pero quizá el más grave de sus desaciertos llegó después de que Leonor, obligada por su familia, desposase por conveniencia con don Lope de Goreia. Por tenerla cerca, por verla, por cruzar de cuando en cuando una mirada, Nicolás se empleó a las órdenes del barón. En no mucho tiempo, se situó como capitán de sus tropas y, en cierto modo, como su lugarteniente y brazo derecho. Sólo entonces comprendió que aquella maniobra no le proporcionaba satisfacción alguna sino, por el contrario, un verdadero tormento. Y también a ella, claro está, para quien la presencia de Nicolás en el castillo, convertía en insoportable el trato con su marido, aquel bruto incapaz de proporcionarle unas migajas de felicidad. Ni el mal consuelo de verse a escondidas les quedó, pues si alguien debía acompañar siempre cada correría, cada cacería, cada escaramuza del barón, ése era Nicolás, el capitán de su guardia.

Leonor no pudo soportarlo durante mucho tiempo y su mente comenzó a huir de la triste realidad con cada vez mayor frecuencia. Y él se atormentaba a diario tratando de imaginar cómo podía haber evitado todo aquel sufrimiento; de qué manera podía haber hecho feliz a aquella mujer a la que, por causa de su diferente origen, nunca tuvo derecho a querer.

Y ahora, como si su destino fuera no olvidar jamás, Viola les hacía revivir, de algún modo, su propia historia.

Cuando Nicolás entró en los aposentos de la baronesa, ésta lo contempló con la expresión opaca que había aprendido a exhibir en su presencia. Nadie habría podido sospechar nada.

El capitán se le acercó, inclinándose cortesanamente.

—Señora... –dijo, en tono audible.

Luego se le aproximó aún más, hasta que sus mejillas casi se rozaron, y siguió hablando muy, muy quedo, de forma tal que nadie salvo ella pudiera entender sus palabras.

Nicolás y Leonor se miraron a fondo. Luego, en un gesto impremeditado, se volvieron ambos hacia Viola, que seguía contemplando el mundo a través de la ventana. Y ella, como si hubiera sentido en la nuca el cosquilleo de las miradas, se estremeció.

Antes del alba

—Vas a poder verte con Viola –me anunció Nicolás de Salz–. Esperaremos a que todos en el castillo se recojan en sus aposentos. Entonces te llevaré junto a ella. Pero tendrás que marcharte una hora antes del alba. ¿Entendido?

No pude contenerme y abracé al capitán con todas mis fuerzas.

—Tenéis mi eterno agradecimiento.

—Déjate de monsergas –dijo él, visiblemente incómodo, deshaciéndose de mi abrazo– y ándate con cuidado. Apostaré en el corredor a mis dos hombres de mayor confianza. Pese a todo, el riesgo es grande. Si don Lope te descubre, todos saldremos malparados, desde luego; pero tú llevarás la peor parte. ¿Me explico, muchacho?

—Creo que sí, señor.

—Bien. Esperemos que no haya ocasión para lamentaciones. Y otra cosa: Vuestro próximo encuentro te lo tendrás que procurar tú solito. Y te aconsejo que no tengas prisa en ello. Dejad pasar un tiempo prudencial.

—Lo tendré en cuenta, capitán.

Entonces, claro, ni él ni yo imaginábamos lo extremadamente prudencial que sería aquel tiempo.

De un modo minucioso

La primera fue una mirada incrédula, como la de quien asiste a un milagro.

A la luz de las velas ella estaba más hermosa aún de lo que yo la recordaba. Cerré la puerta, dejando tras ella al centinela. La miré. A Viola digo, no a la puerta. No fui derecho a su encuentro, sino que inicié un lento, amplio rodeo que me llevó a contemplarla de un modo minucioso. Sentía los latidos del pulso golpeándome el cuello mientras me invadía una incómoda sensación de incertidumbre.

Entonces, me sonrió. Y lo hizo de tal manera que disipó de golpe todos mis temores.

Corrí hacia Viola y la estreché en mis brazos. Mucho tiempo. Busqué sus labios con los míos y, al encontrarlos, todo lo demás, el resto del mundo, lo antes vivido, el futuro... dejó de tener importancia.

El amanecer

El amanecer me sorprendió caminando ya hacia el norte, sonámbulo aún de promesas y de ilusiones. Por mi parte, una por encima de todas: la de volver a pisar ese mismo camino, de regreso, tan pronto como me fuera posible. Por la suya, la de esperarme el tiempo que fuera necesario.

Sabido es que nada hay tan fuerte como una promesa de amor.

Ni tan frágil como la ilusión de un enamorado.

Agüero. Junio de 1302

Blas y Chigán

Blas Portáñez parecía haber estado esperándome desde siempre, allí sentado ante la puerta de su casa distante media legua del pueblo de Agüero. Apenas me vio aparecer por el fondo del camino comenzó la compleja operación de erguirse sobre su única pierna, apoyándose para ello en una curiosa y eficaz muleta de madera. A su lado, un enorme mastín de pelo blanco comenzó a ladrar.

—Calla, Chigán –le oí murmurar.

Me detuve a quince pasos de ambos.

—Con Dios. Soy Garcés, el nieto de Garci...

—¿Y quién, si no? –gruñó Portáñez–. Empezaba a pensar que ya no vendrías. Vamos adentro. Tendrás que reponer fuerzas.

Jamás unas sopas de ajo con huevo escalfado me habían sabido tan a gloria como aquéllas. Blas esperó en silencio hasta la última cucharada. Entonces, comenzó a hablar de nuevo.

—De modo que vienes de Goreia.

No era una pregunta. Era una afirmación que me hizo levantar una mirada interrogante y espantada.

—Es curioso lo deprisa que corren las noticias por esta comarca ¿eh, chaval? –dijo el cojo–. Dime: ¿qué has ido a hacer allí?

—Nada –musité.

Blas golpeó la mesa con la palma de la mano.

—¿Me tomas por tonto? Desde hace nueve días no se habla por aquí de otra cosa que de tu aventura con la hija del barón. Y ahora vienes del valle, de cinco jornadas de camino, nada menos... Escucha, mocé: si vas a estar bajo mi cuidado, quiero saber a lo que me enfrento. Así que habla. ¿Has llegado hasta el castillo?

Asentí, tras carraspear.

—Te has visto con la hija del barón...

Nuevo asentimiento.

—...sin permiso ni conocimiento de su padre.

—Sí. Pero es un secreto bien guardado.

Blas se echó a reír a carcajadas.

—¿Un secreto, dices, infeliz? ¡Tan secreto como que el sol sale cada día! En su territorio no hay secretos para don Lope. Es generoso con quienes le muestran fidelidad. Tu única esperanza radica en que tenga asuntos más urgentes que venir a darte tu merecido... o enviar a alguien que lo haga.

Por tiempo indefinido

Con tal esperanza inicié aquel nuevo período de mi vida que debería prolongarse por tiempo indefinido –quizá medio año, quizá más– y en el que tendría que evitar en lo posible el relacionarme con otra persona que no fuera Blas Portáñez. Mi seguridad dependía en gran medida de que nadie conociera mi paradero.

Tal como había dispuesto mi abuelo, durante estos meses ayudaría a mi protector en la tarea de confeccionar horcas, bieldos y demás instrumentos agrícolas. Por una parte, aprendería un oficio, cosa que nunca está de más, y por otra, ayudaría así a pagar mi manutención.

Los primeros días con Portáñez resultaron interesantes. Conocer y asimilar las técnicas que él utilizaba para trabajar la madera resultó ser una buena distracción. Algunas de las tareas no precisaban apenas atención y, sin dejar de trabajar, podía dedicar mis pensamientos a Viola. En los ratos libres, que eran muchos, salía a pasear por los prados con Chigán, que parecía haberme tomado cariño con rapidez.

Sin embargo, pasadas tres semanas desde mi llegada a Agüero, el aburrimiento empezó a adueñarse de mi ánimo. Y en mi mente comenzó a forjarse la idea de no esperar seis largos meses para volver a ver a Viola. Si había salido bien una vez, ¿por qué no intentarlo de nuevo?

Estaba decidido: dejaría pasar otros diez o quince días y emprendería la marcha hacia Goreia. Además, ahora conocía el camino y tenía mucha más experiencia. Sería fácil.

En tinieblas

Esa noche, curiosamente, Blas Portáñez se lanzó a relatar la historia de su primera campaña como soldado, que también fue la última pues allí perdió la pierna derecha por debajo de la rodilla.

—Mala suerte tuvo usted, señor Blas -comenté acercándome al fuego del hogar, ya que la noche estaba resultando más fría de lo habitual para esas fechas.

—O buena suerte, según se mire -replicó el artesano–. La desgracia me obligó a dejar de combatir y a buscar otro modo de ganarme el pan. Encontré éste de construir aperos y lo cierto es que no me ha ido mal.

A lo lejos, Chigán comenzó a ladrar furiosamente sobre las palabras de su amo.

—He tenido una vida apacible y no me ha faltado nunca...

De pronto, el mastín cambió los ladridos por un corto gemido y calló de inmediato.

Blas interrumpió entonces sus palabras y alzó la vista de las llamas, con un rictus de alarma en el rostro.

—Acércame ese cubo de agua, muchacho –pidió, imperiosamente.

—¿Por qué? ¿Qué sucede?

—No discutas. Haz lo que te digo. Déjalo aquí, junto a mí.

Mientras yo obedecía, Blas se deslizó en silencio hasta la carbonera y, de una caja llena de herramientas, cogió un afiladísimo destral que usaba para reducir a astillas los tocones de madera. Con él en la mano, regresó a su lugar, junto al fuego. Me habló en un murmullo.

—Ve a ese rincón. Escóndete en cuclillas entre la pared y la cadiera. Y no te muevas mientras yo no te lo diga.

—Pero...

—¡Obedece! –musitó Blas con energía.

Comprendí que algo grave ocurría y me refugié tras el mueble de roble. Blas permaneció en el banco, frente al fuego, cerrados los ojos, con la pequeña hacha en la mano diestra y el cubo lleno de agua al alcance de la siniestra. Fuera, un cuclillo emitía su canto acompasado, como el latido de un corazón lentísimo.

Cu... cu... cu...

Pasó el tiempo. Por distraerme, empecé a contar con los dedos los breves y monótonos chillidos del cuco. Completé una mano. Luego, la otra. Volvió a empezar y, de nuevo, alcé, uno tras otro, todos los dedos.

Cu... cu... cu...

Inicié una tercera ronda. Cantó el cuco y levanté el pulgar. Volvió a cantar el cuco y alcé el índice. Cantó de nuevo el cuco y levanté el medio.

Cuando estaba a punto de hacer lo propio con el anular, un patadón terrible echó abajo la puerta de la casa. Tras ella, apareció un soldado que, empuñando la espada, se abalanzó sobre Blas Portáñez aullando como un diablo.

Durante un segundo, pareció como si el cojo se hubiera quedado petrificado. Pero cuando el soldado había recorrido la mitad de la distancia que les separaba, en un movimiento imprevisto y rapidísimo, Blas arrojó contra el invasor el astral de mano, con tal fuerza y precisión, que la gruesa hoja de hierro templado se le incrustó entera en el rostro, hendiéndole todos los huesos de la cara de modo terrible.

Un segundo soldado, un arquero, había aparecido bajo el umbral de la cabaña pero el grito horrible que lanzó su compañero al ser herido, le hizo vacilar durante un segundo, concediendo a Portáñez la ventaja.

El soldado tensó el arco nerviosamente. Pero antes de que tuviera tiempo de apuntar, Blas arrojó el agua del cubo sobre el fuego, apagándolo y sumiendo la estancia en tinieblas.

Espantado, mudo de pavor, escuché el silbido de una saeta y el siniestro crujido que produjo al clavarse en el respaldo de la cadiera que me servía de parapeto.

Cerré los ojos, aterrorizado, acurrucándome al máximo, mientras me llegaban los sonidos propios de una terrible lucha cuerpo a cuerpo.

De pronto, un gemido largo y un estertor. Luego, el silencio, roto tan sólo por el lejano canto del cuco, ajeno a todo.

Cu... cu... cu...

Estuve un rato larguísimo sin atreverme a mover ni un músculo, mareado por el terror, tratando de imaginar qué había ocurrido. Llegué a preguntarme si Portáñez y el arquero no se habrían dado muerte mutuamente y yo me hallaría allí, solo y rodeado de cadáveres... Por fin, cuando estaba a punto de abandonar mi escondite, incapaz de soportar aquel horror por más tiempo, escuché la voz de Blas.

—Garcés, ¿estás bien?

—Sí. Sí, sí, lo estoy. Estoy bien.

—Gracias a Dios. Puedes salir, creo que no hay más. Don Lope debió de pensar que dos esbirros serían suficientes para acabar con un perro, un muchacho y un tullido. O sea, además de canalla, estúpido...

Encendió un par de velas de sebo y volvimos a vernos las caras. La suya presentaba dos fuertes contusiones y una herida, aún sangrante, bajo el ojo derecho.

Los dos soldados del barón yacían en el suelo. El primero, el que había recibido el destralazo en plena cara, resultaba irreconocible. El segundo aparecía con el vientre atravesado por el espadón de su propio compañero, que Blas debía de haber tomado prestado durante la pelea.

Sentí un escalofrío interminable que se acentuó cuando el cojo requirió mi ayuda para sacar de la casa los dos cadáveres y darles sepultura no muy lejos de allí.

Pasamos buena parte de la noche cavando una gran fosa en la que enterrar a los dos hombres con todos sus efectos personales. Otra, más pequeña, dio cobijo a Chigán, al que encontramos muerto de un certero saetazo, pero gracias a cuyo aviso habíamos salvado el pellejo.

Apenas cruzamos palabra durante todo este tiempo.

Sólo al final, cuando ya se adivinaba el alba, Blas se encaró conmigo.

—Hijo... la situación no puede ser más grave. Si teníamos alguna duda sobre las intenciones de don Lope hacia tu persona, él acaba de despejarla. Pese a todas nuestras precauciones, le han bastado menos de cuatro semanas para descubrir tu paradero. Está claro que quiere acabar contigo. Puedes apostar lo que se te antoje a que volverá a intentarlo.

Debí de palidecer ante la perspectiva.

—¿Qué puedo hacer?

—Huir, desde luego. Salir de la baronía y aun del reino, si te es posible. Márchate donde el barón no tenga poder o estás perdido. Y perdido quiere decir... muerto.

Dejé escapar un gemido.

—Pero... ¿dónde voy a ir? Mi familia y mis amigos están en Santa María, que es el primer lugar que el barón tendrá vigilado.

—Así es. Olvídate de regresar a tu casa.

Entonces caí en la cuenta.

—¡Esperad! Mi padre, naturalmente... Pero ¿cómo podría llegar junto a él? El abuelo dice que está en Sicilia.

El Cojo asintió lentamente.

—Sicilia... Sí, ese podría ser un buen destino. Y no te queda otro remedio que intentarlo, creo yo.

De regreso a la casa, la decisión estaba ya tomada.

—Si caminas hacia la salida del sol, alcanzarás la costa en el plazo de una semana. Quizá menos. La Compañía suele embarcarse en Port-Fangós, junto a la boca del río Ibero. Si llegas hasta allí, seguro que encontrarás quien te lleve tras su estela. Pero has de partir de inmediato, sin perder ni un minuto. Toma cuantas provisiones seas capaz de llevar contigo y ponte en camino a buen paso. Coge también las monedas que guardo en la carbonera. Te harán falta.

—Pero, ¿y vos?

Blas sacudió la cabeza en un gesto despreocupado.

—Me apañaré. Con tu ayuda he fabricado en estos veinte días más bieldos de los que habría podido hacer en tres meses.

—¿Y las represalias? ¡Habéis dado muerte a dos hombres del barón!

Portáñez sonrió con fiereza, enseñando sus negros dientes.

—¡Oh, sí! Vendrán por mí, sin duda –exclamó–. Pero los estaré esperando. Pierde cuidado, muchacho. Y cuando encuentres a tu padre, dale muchos recuerdos de mi parte. De parte de Blas, el cojo.

—Así lo haré –respondí, mirándole a los ojos–. No sé cómo agradeceros...

—Yo te diré cómo, muchacho: no te dejes matar.

Con el alba, me puse en camino. Soplaba un viento frío, del norte, que traía voces y aromas del Pirineo.

Mediterráneo. Verano de 1302

Port-Fangós

Seis días más tarde, justo ya de fuerzas, llegaba a la orilla del Mediterráneo. Tuve que caminar aún otra jornada, hacia el sur, para plantarme en Port-Fangós.

Allí encontré una actividad inusitada. Numerosos marinos, soldados y comerciantes iban y venían sin descanso. El horizonte se hallaba casi oculto por una impresionante flota, fondeada en las inmediaciones del puerto, al que los barcos se iban acercando uno a uno para estibar su carga, fundamentalmente militar.

Llevaba ya un buen rato deambulando entre aquellas gentes apresuradas, tratando de decidir qué hacer, cuando llamó mi atención un hombre fornido, vestido con sobria elegancia y que, contrariamente a todos cuantos allí estaban, mostraba una serena calma. Miraba los barcos o el mar o el horizonte desde la punta de un espigón. Era de edad avanzada y parecía cansado.

Obedeciendo una vez más a mi intuición, me acerqué hasta él.

—Disculpad, señor.

El hombre, de cabellos plateados por el tiempo, me dirigió una mirada interrogante.

—¿Sabríais vos indicarme el modo de llegar hasta Sicilia?

—¿Sicilia? –preguntó– ¿Para qué quiere un mocoso como tú ir a Sicilia?

—Mi padre está allí. Deseo encontrarme con él. ¿No sabéis de alguna nave que tenga Sicilia como destino y necesite un aprendiz de marino?

El hombre canoso extendió el brazo derecho hacia el mar.

—Todos estos navíos que aquí ves partirán hacia Sicilia dentro de cuatro días. Pero dudo mucho que capitán alguno acepte embarcar a un mozalbete enclenque como tú. No se trata de una expedición comercial, sino de una misión de guerra.

—Señor, os aseguro que para nadie sería un estorbo. Puedo cuidar de mí mismo. Soy un almogávar.

Aquella afirmación hizo sonreír a mi interlocutor.

—¿Un almogávar, dices? Vaya, vaya... He tenido a cientos de ellos bajo mi mando pero jamás había visto uno con tu aspecto. Más bien pienso que eres un embaucador y un mentiroso, jovenzuelo.

Ahora sí, opté por mostrarme digno y ofendido.

—Os aseguro que no, señor. Incluso es muy probable que mi padre o mi abuelo hayan combatido bajo vuestras órdenes. Soy García Garcés, de la aldea de

Santa María de Carcabiello. Mi padre es García García. Y mi abuelo, Garci Garcés.

—Como comprenderás, no puedo recordar a todos mis hombres por su nombre y origen...

—Claro, es cierto. Pero tal vez ellos sí me hayan hablado de vos. Si pudiera saber quién sois...

La respuesta llegó tras una larga pausa.

—Me llamo Roger de Llúria. O de Lauria, como dicen los que, como tú, hablan el idioma de los castellanos. Soy el almirante de la armada aragonesa.

"¿Almirante? ¿Qué demonios será un almirante?", me pregunté.

—¡Oh, sí! -mentí, descaradamente, alzando los brazos–. ¡Por supuesto que he oído hablar de vos a mi abuelo! Combatió a vuestras órdenes en tiempos de nuestro rey don Pedro "el Grande". Lo recuerdo perfectamente, sí. El gran almirante Roger de Lauria.

Sonreí ampliamente, buscando apoyo para mi fantástica historia. Ante mi propia sorpresa, el farol alumbró.

Al marino se le había empañado la mirada de nostalgia.

—Una época gloriosa en verdad, la del rey don Pedro -murmuró para sí–. La mejor de cuantas me ha tocado vivir. ¿Y dices que tu abuelo combatió conmigo en aquel tiempo?

—Lo recuerda siempre con sincero orgullo -proseguí, animado por el éxito de mi fábula–. Solía decir mi abuelo: "Cuando... cuando nuestros barcos surcaban las aguas, ni aun los peces... eeeh... ni aun los peces habrían osado navegar por este mar sin lucir sobre sus lomos las armas de la Corona de Aragón".

Don Roger de Llúria me lanzó una sonriente mirada en la que no ocultó su sorpresa.

—Una hermosa frase, vive Dios. Tan hermosa que, sin duda, ha de valer un viaje a Sicilia.

Entonces, en una súbita e inesperada decisión, llamó a dos marineros que caminaban por los alrededores y les ordenó que me acompañasen hasta su propia nave, el buque insignia de la flota, y me procurasen un alojamiento en las bodegas.

—"Ni aun los peces osarían navegar por este mar..." –oí murmurar al almirante mientras me alejaba.

Aquella noche dormí tranquilo por vez primera en mucho tiempo. Soñé con mi padre; con nuestro reencuentro, que ya creía cercano.

Sicilia

A mi llegada a Sicilia, había sido ya firmada la paz de Caltabellotta, que puso fin a la guerra con Nápoles y que supuso que los territorios sicilianos volvieran, en la práctica, a manos aragonesas.

Fadrique, rey de Sicilia por decisión de su hermano, Jaime II de Aragón, no tardó entonces en desembarazarse de los almogávares, tan eficaces en la batalla como molestos en tiempo de paz. Y lo hizo de modo astuto y brillante: en cuestión de días, decidió enviarlos en auxilio del emperador de Bizancio, asediado por los turcos. No pudo imaginar Fadrique que, con esa decisión, estaba abriendo la puerta a una de las más épicas páginas de la historia de la humanidad.

Pese a saberme ya a salvo de las iras del barón de Goreia, opté por perseverar en mi primera idea y tratar de reunirme con mi padre. Así, pasé de Sicilia a la cercana costa de la Grecia, que recorrí por entero de norte a sur buscando embarcarme en algún navío que tuviera Bizancio como destino. Pero de todos era ya conocida la delicada situación en torno a Constantinopla, capital del imperio bizantino, y no resultaba fácil encontrar marino dispuesto a surcar el mar de Mármara al tiempo que lo hacía la temible flota otomana.

Pero al fin, tras casi un mes de afanosa búsqueda, tuve noticia de un comerciante napolitano que, desde la isla de Creta, preparaba una expedición con idea de llevar sus mercaderías lo más cerca posible de Constantinopla.

Y ante la lógica escasez de hombres dispuestos a afrontar semejante riesgo, no tuve excesivas dificultades para enrolarme en su tripulación.

La travesía resultó más complicada de lo previsto por cuanto al mal tiempo presente durante algunas jornadas se unió la presencia en las aguas de piratas berberiscos, de los que nuestra nave tuvo que huir en varias ocasiones, por fortuna siempre con éxito.

Pero, al fin, un tranquilo amanecer puso ante mis ojos las doradas cúpulas de Constantinopla, la antigua Bizancio de los griegos.

Estaba ya avanzado el otoño del año de mil trescientos dos. Había tardado más de tres meses en recorrer las mil leguas que separan los Pirineos de la capital del Imperio Romano de Oriente.

Alguien habría podido pensar que allí concluían mi viaje y mis penalidades.

Para mi desgracia, muy al contrario, allí daban comienzo.

Segunda Parte
BIZANCIO

Constantinopla. Octubre de 1302

La batalla de Artaki

Los almogávares han instalado su campamento en la mismísima playa. Tras llegar hasta ella, Garcés se lanza a preguntar por su padre, García García. Se alzan algunos brazos, indicando una dirección.

Cada vez más ansioso, el joven camina y pregunta, pregunta y camina, atravesando el campamento hasta que, de pronto, alguien extiende el índice y señala a un hombre robusto, de mediana edad y pelo castaño, que charla animadamente con otros guerreros.

Garcés lo contempla detenidamente, conteniendo la respiración. Durante un buen rato puede observarle sin que él se aperciba de ello.

De pronto, el hombre vuelve el rostro y sus miradas se encuentran. La última duda se disipa.

Está ya oscureciendo cuando padre e hijo se funden en un abrazo sin haber conseguido aún articular palabra.

Con la marea

Un sargento traza una larga línea sobre la arena de la playa, un codo por debajo del nivel máximo de la pleamar. Después, de regreso, va dejando una señal circular cada cincuenta pasos, hasta un total de seis.

Sobre la línea dormirán los soldados, tendidos, codo con codo, con la cara hacia el cielo. Si no despertasen a tiempo por sí mismos, lo harían los primeros chapoteos de la marea alta.

Y en los círculos, seis vigías que permanecerán en pie toda la noche, oteando el mar.

Tras los soldados, las pocas mujeres e hijos que no consintieron permanecer en puerto y siguieron hasta el final al cabeza de familia. Después, los veteranos, conformando entre todos un cuadrado perfecto con otros seis vigías por lado.

Realmente, es harto difícil sorprender a la Compañía.

El miedo

Una ligera presión en el hombro lo despierta. Garcés abre un ojo y ve junto a sí a su padre, escudriñando las luces del campamento enemigo. Amanece ya y el resplandor de las lejanas teas turcas se confunde con el de los últimos luceros.

García alarga a su hijo dos bizcochos resecos y una loncha de queso.

—Come –le susurra–. Lo vas a necesitar. Dentro de poco, entraremos en batalla.

Aquellas palabras provocan en Garcés una arcada profunda que se le viene a la boca desde el mismo fondo de las entrañas.

Su padre, sin siquiera mirarle, lo advierte al instante.

—No temas, hijo: he renunciado a mi caballo para estar a tu lado en todo momento. Permanecerás siempre protegido por una veintena de los hombres bajo mi mando. Los mejores. Quizá el turco nos sobrepase. Quizá hoy caiga Constantinopla. Pero a ti nada te ha de ocurrir, te lo prometo.

Garcés parece absorto en la contemplación del suave oleaje. En realidad, está tratando de dominar el impulso de arrojarse en brazos de su padre que, de pronto, le alarga una bota de cuero henchida de vino.

—Y ahora echa de aquí un trago largo y prepárate. Porque lo que hoy vas a ver no lo olvidarás jamás.

Roger de Flor

Los turcos amenazan Constantinopla desde el cabo Artaki. Roger de Flor, comandante en jefe de la tropa almogávar, ha solicitado al emperador Andrónico el honor de atacar a los infieles sin más ejército que el propio. No parece importarle el hecho de contar con menos de cinco mil hombres, entre infantes y caballeros, frente a un enemigo varias veces superior. Confía en sus soldados. Los conoce bien.

Andrónico en persona lo ha escoltado con su guardia hasta el campamento. En la despedida, tan lacónica como emotiva, se refleja lo angustioso de la situación.

—Roger, en vos y en vuestros guerreros venidos del otro extremo del Mediterráneo por la generosidad de vuestro rey don Jaime, están puestas las esperanzas de este imperio. Si vos no frenáis al turco, ni Dios Nuestro Señor podrá ya hacerlo. Y que Él me perdone.

Ni un palmo

Ha llegado el momento. Roger, tras inspirar profundamente, da la orden de iniciar el avance.

Su experiencia le dicta la única estrategia posible: atacar de frente, sin ceder ni un palmo de terreno; ahogando en su origen toda posible respuesta. Y hacerlo precisamente allí donde los enemigos han plantado su campamento y se sienten seguros.

Y aquí van, ahora.

—¡Desperta, ferro!

Los caballeros, delante. Detrás, la infantería aumenta poco a poco la velocidad de su avance y Garcés apenas puede seguirles.

—¡No te retrases, Garcés! –le grita entonces su padre–. ¡Es cuanto te pido! ¡No te separes de nosotros! ¡Desperta, ferro!

—¡Desperta, ferro!

—¡Desperta, ferro!

Alcanzado el primer roquedal, la caballería se divide en dos columnas, dejando paso así a los hombres de a pie, que se lanzan sobre los turcos aullando como fieras.

—¡A por ellos! ¡Por San Jorge!

—¡Por Cataluña!

—¡Por don Jaime de Aragón!

—¡Aragón, Aragón!

—¡Por San Jorge!

Todo un griterío enardecedor con el que intentan amedrentar al enemigo y ahuyentar su propio miedo.

Es entonces cuando Garcés, con sorpresa, siente el brazo de su padre obligándole a detener el paso.

—¡Quieto! –le dice–. ¡Quieto aquí, hijo! Y aprovecha para recobrar el aliento.

Alguien más se ha percatado de la extraña maniobra: el noble Ferrer de Pallarons dirige su corcel hacia ellos y apoya la punta de su lanza en el pecho de García García.

—¿Qué ocurre? ¿Por qué os detenéis, cobardes? –brama el caballero.

García, que tiene a gala no haber sido vejado jamás por hombre alguno, toma su espada con ambas manos y, con un rápido movimiento circular, corta de un tajo el asta de la lanza.

—¿A quién llamáis cobarde?

Garcés se sorprende a sí mismo con el ferro desenvainado, al igual que los compañeros de su padre, mientras toda la guardia del noble embraza sus escudos.

Cuando el choque entre ambos hombres y sus seguidores parece inevitable, una figura deslumbrante se interpone entre ellos.

—¡Deteneos!

Tras saltar en marcha de su caballo, Roger de Flor separa con las manos desnudas la espada de García y lo que resta de la lanza de Ferrer.

—¿Qué ocurre aquí? ¿Qué estupidez es ésta?

—Estos villanos habían detenido su avance –ladra Ferrer de Pallarons–. ¡Trataban de evitar el combate!

—¡No tal! –replica García, con rabia.

La mirada de Roger se clava en él de inmediato, pidiendo explicaciones.

—Señor, soy García García, hijo de Garci Garcés. Si me he detenido con mis hombres ha sido tan sólo por tratar de proteger a mi hijo, llegado esta pasada noche al campamento desde nuestra lejana tierra, en el corazón de la Corona. Como veis, no es más que un niño.

Roger mira a Garcés. Tras unos segundos, alza la mano.

—Creo justificada vuestra acción, García. Vos y vuestro hijo quedáis relevados de la obligación de combatir.

El almogávar se yergue, digno. Quizá en exceso.

—Mi única intención, señor, era dejar pasar la primera avalancha. Podemos pelear y proteger a mi hijo a un tiempo.

Roger mira ahora al muchacho.

—¿Qué opinas tú, muchacho?

Garcés está aturdido. Hace un momento ha estado a punto de dar las gracias y echar a correr en dirección opuesta al avance de las tropas.

—La palabra de mi padre es ley para mí –proclama, ante su propia sorpresa.

—Sea –concede Roger subiendo de nuevo a su montura–. Manteneos con vida y, concluida la batalla, buscadme. Me gustaría hablar más despacio con ambos.

—Así lo haremos, señor –responde García.

—Ahora es momento de atacar –anuncia Roger–. La muralla ya habrá sido levantada. ¡Paso a la caballería!

De inmediato, todos espolean sus monturas; todos, excepto el caballero Ferrer, que dedica unos segundos a lanzar sobre padre e hijo una mirada cargada de desprecio.

Entre el acantilado

La muralla.

Una espantosa estratagema.

Los primeros caídos de ambos bandos son apilados ante el enemigo en una horrible acumulación de cuerpos que va creciendo conforme aumenta el número de víctimas de la batalla. Pero no todos están muertos y del montículo humano surge una suerte de lamento múltiple, escalofriante, que aterroriza a los turcos, jamás antes enfrentados a tan espeluznante práctica.

En esta ocasión, la muralla de cadáveres y heridos se va extendiendo entre el acantilado y el mar, actuando de barrera. Sobre ella vuelan ahora las saetas lanzadas a mano por los almogávares.

El grueso del ejército enemigo, amedrentado, ahogado por la falta de espacio y hostigado por la lluvia de dardos, no consigue formar en orden de combate.

Es el momento del avance definitivo de la caballería aragonesa, que se incorpora al ataque saltando sobre la muralla de cadáveres.

—¡A ellos, a ellos!

—¡Por San Jorge y don Fadrique!

—¡Por San Jorge!

Apenas nada pueden hacer los otomanos. Cogido por sorpresa, el invencible ejército que amenaza el último vestigio del Imperio Romano de Oriente, huye por el único camino posible: el mar. Abandonando caballos, tiendas, enseres, armas y armaduras, los otomanos intentan alcanzar sus naves, ancladas allende la playa. La mayoría no lo consigue.

Sólo unos pocos cientos de turcos se enfrentan con arrojo a la caballería cristiana propiciando un espectáculo sobrecogedor: Sobre el propio terreno se degüella sin misericordia a sanos y heridos.

Incluso a los muertos. Por si acaso, dicen los almogávares.

Garcés siente que le falta el aire ante tanto horror. Durante un instante, su mirada se encuentra con la de Ferrer de Pallarons. El noble le sonríe de un modo extraño y, volviendo grupas, asesta un tremendo mandoble en el vientre de un turco herido que, brazos en alto, parecía suplicar piedad y que ahora cae de rodillas, abierto en canal.

El muchacho intenta gritar, sin conseguirlo. Ve a su padre corriendo hacia él y, enseguida, se siente arrastrado lejos de allí, a un lugar apartado donde no tarda en vomitar sobre aquella tierra extraña.

En el horizonte, bajo un cielo azul, inocente y diáfano, se divisan las blancas velas de las naves que huyen.

Constantinopla, de momento, se ha salvado.

Leyendas o algo así

—Me alegro de que hayáis salido con bien de la lucha –celebró Roger apenas pusieron pie en su tienda, atardeciendo ya el victorioso día.

—Si os referís a que no hemos sido heridos, así ha sido, señor –replicó García García–. Aunque vos sabéis bien que no hay batalla de la que uno pueda salir ileso.

—Una aguda observación. Pero vayamos al grano. A vos, García, sólo deseo expresaros mi agradecimiento por la colaboración de vuestros hombres a esta memorable victoria.

García inclinó la cabeza levemente, aceptando así el reconocimiento de su jefe. Roger se dirigió entonces a Garcés.

—En cuanto a ti, muchacho... No me preguntes por qué, pero quisiera contarte entre mis hombres de confianza.

Padre e hijo se miraron atónitos. Roger tenía fama de ser capaz de juzgar a un hombre al primer golpe de vista. Pero estaba claro que en aquella ocasión el yerro había sido notable.

—Mi señor don Roger... Sería un gran honor para mí pero me temo que... que el más débil y anciano de los hombres de mi padre defendería vuestra vida con mayor eficacia que yo.

Roger miró a Garcés al fondo de los ojos antes de proseguir.

—¿Insinúas que me he equivocado al juzgarte?

Garcés vaciló de nuevo.

—Eso creo –susurró.

—Sería así si buscase en ti un guardaespaldas. Pero te aseguro que mi guardia personal cumple con su cometido a la perfección.

Roger tomó una manzana de un cesto repleto de fruta y la mordió mientras lanzaba a los García dos piezas similares, antes de continuar.

—Si no sabes empuñar las armas, algo sabrás hacer. Todo ser humano posee algún don, estoy convencido de ello. ¿Cuál es el tuyo, joven Garcés?

El padre de Garcés miraba al suelo, cada vez más desconcertado. ¿Qué pretendía su caudillo?, ¿humillarlos? ¿Qué otra habilidad podía tener un almogávar sino la de combatir?

Garcés, tras unos segundos de desconcierto, le dio la más inesperada respuesta.

—Señor... Allí en Santa María, en mi pueblo, acostumbraba a mirar el horizonte e imaginar historias. Historias imposibles, las más de las veces. Como leyendas o algo así. Pero eso no es gran cosa...

—Eso –cortó Roger– es más de lo que el más aguerrido de mis hombres es capaz de hacer.

Bizancio. Noviembre de 1302

Ajenos a todo

Roger de Flor acumula poder día a día.

El emperador de Bizancio y él se necesitan mutuamente. Agradecido por haberle librado de la pesadilla turca, siquiera sea por el momento, Andrónico II Paleólogo lo ha nombrado megaduque, esto es, almirante de la armada imperial. Un título meramente honorífico pues Roger, en la práctica, sólo tiene mando sobre la Compañía de Almogávares, y aun ello, porque éstos lo designaron como su jefe.

Roger ha desposado con María, la bellísima sobrina del emperador, hija de su hermana Irene, a quien el pueblo llama cariñosamente la princesa Xenia –la princesa extranjera– por ser su padre el zar de Bulgaria.

Se trata, sin duda, de la mujer más deseada de Constantinopla. Pero ella, inexplicablemente, se ha rendido a Roger de Flor, el orgulloso hijo bastardo de un noble alemán y de una hermosa napolitana de Brindisi y que, tras ser expulsado de la Orden del Temple por díscolo y ladrón, puso su espada al servicio de la Corona de Aragón cuando las tropas de Pedro III conquistaron su patria.

Hoy, a sus treinta y seis años, Roger es para sus hombres un líder indiscutible.

Todo ello junto quizá sea demasiada osadía. Como en toda corte –y ésta es la más ostentosa del mundo– imperan aquí la ambición y la envidia.

Bizancio no acepta a los extranjeros llegados del otro confín del Mediterráneo. Son demasiado rudos; y demasiado independientes y altaneros. Visten pellejos de cordero, sucios de sangre y polvo de mil batallas; y desenvainan el arma ante la más leve provocación. Una sonrisa burlona o un comentario a su paso son motivo suficiente para iniciar una pelea. Cada día se les odia más y se les teme en mayor medida.

Los altercados se suceden. En uno de ellos cae muerto a manos de almogávares el hijo de Girgón, jefe de los alanos, aliados también de Bizancio. A partir de entonces el odio entre bárbaros y aragoneses será inevitable.

Se rumian venganzas terribles contra el de Flor y sus hombres.

Una de las escasas mañanas en que se separa de su esposa, entra Roger al patio de armas y solicita la presencia del joven Garcés. Luego, ordena que ensillen dos corceles y salen ambos hacia las playas, extramuros de Constantinopla, bañadas por el mar de Mármara.

Roger cabalga distendido, al trote. Garcés, pésimo jinete, sufre para seguir su paso.

—¿Se puede saber por qué no me alcanzas? –pregunta Roger–. No puedes imaginar lo que me desasosiega llevar a alguien a mi espalda. Manías de guerrero, supongo. Anda, ven, terrible almogávar.

Garcés sonríe, abrumado por tanta confianza, mientras recuerda su anterior entrevista con Roger, aquella a la que acudió con su padre tras la batalla de Artaki.

Aquella misma noche, Garcés durmió ya en palacio, en las habitaciones destinadas a la guardia. Pero a Roger no ha vuelto a verlo hasta hoy, transcurrido casi mes y medio.

A la princesa Xenia, en cambio, la ve casi a diario desde hace dos semanas. Alguien la puso al corriente de la presencia de un joven almogávar contador de hermosas historias. La bellísima megaduquesa lo hizo llamar a sus aposentos y, desde entonces, cada noche le solicita alguna narración con la que distraerse o convocar al sueño.

Garcés, ni que decir tiene, lo hace encantado, alternando los cuentos y leyendas con sus propios recuerdos.

Se siente cada vez más fascinado por María Xenia.

En un plazo razonable

Roger se ha detenido y contempla el Mediterráneo en silencio. De repente, abstraído, murmura:

—El descanso ha terminado. Pronto partiremos rumbo a la Anatolia.

Ante la noticia, Garcés siente un vahído que casi le hace dar con sus huesos en el suelo.

—Vuestros hombres lo agradecerán –musita, con sólo un hilo de voz.

Roger le echa una mano sobre los hombros.

—Ojalá pudieras quedarte aquí, en Bizancio, junto a mi esposa. Ella te aprecia mucho, lo habrás notado. Y para mí supondría una gran tranquilidad saberte a su lado. Pero creo que sería peligroso. Tu presencia no sería bien entendida en esta corte de insidiosos e intrigantes. Así que tendrás que acompañarnos, te agrade o no.

Garcés está tratando de frenar las lágrimas recorriendo el horizonte con la mirada. Roger se apercibe de ello.

—No pensaba que la noticia fuera tan terrible.

—Disculpad. Como cualquier miembro de la Compañía, os seguiré hasta el mismo infierno si ése es vuestro deseo. Lo único que ocurre es que... desde hace meses, cada paso que doy no hace sino alejarme más y más de la persona junto a la que querría estar.

Roger no disimula su sorpresa.

—No imaginaba que anduvieras en amoríos. Pero ahora, tal vez quieras contarme algo más.

Garcés parece dispuesto a aceptar la oferta de su comandante; pero un instante después, niega furiosamente.

—Desde que os conocí, os habéis comportado conmigo como un segundo padre. Me habéis incluido entre vuestros leales y ahora creo haber faltado a vuestra confianza.

—¿Por qué?

—Debería haberos puesto al corriente de mi situación personal –Garcés baja la mirada hasta enterrarla en la arena–. Sabed, señor, que soy un fugitivo. Lo que me impulsó a emprender viaje hacia aquí no fue tanto el deseo de reencontrarme con mi padre como la necesidad de huir de un tirano malnacido y ruin.

—¿De quién se trata?

—Del señor de mi comarca. Un barón ilustre, creedme. Ilustre por sus fechorías, sus injusticias y sus iniquidades –exclama Garcés, enfureciéndose por momentos.

—¿Y de qué modo agraviaste a semejante demonio?

—Del peor posible: osé enamorarme de su hija menor.

—Grave asunto es, vive Dios –replica Roger, sonriendo–. ¿Y el sentimiento es mutuo? Quiero decir, si... la dama en cuestión te corresponde.

Garcés alza una mirada brillante.

—Tengo por cierto que sí, señor.

—Lo imaginaba. Y dime, ¿no te gustaría enviar un mensaje a tu amada?

Los ojos de Garcés lanzan destellos.

—¡Un mensaje! ¿Desde aquí? ¿Es eso posible?

—Antes de partir hacia Anatolia voy a enviar presentes a don Fadrique de Sicilia y a su hermano, el rey Jaime de Aragón. Si encontramos un emisario de confianza, incluso puedes tener respuesta de tu enamorada en un plazo razonable. ¿Dónde vive la joven, por cierto?

—En el castillo de su padre, el barón del señorío de Goreia, en el Gállego medio –responde Garcés con ansiedad.

—¿Y eso por dónde cae?

—Unas nueve leguas al norte de Zaragoza.

Roger abre los brazos, reconociendo su ignorancia.

—Son muchas las tierras que abarca la Corona de Aragón. Pero esté donde esté ese lugar, los emisarios lo encontrarán, así que no se hable más. Escríbele pronto y... ¡oh, disculpa! Supongo que no sabes leer ni escribir ¿verdad?

Garcés deja escapar todo el aire de sus pulmones.

—No. No, señor. Aprender a escribir no es algo propio de almogávares.

No tarda, sin embargo, en maquinar un posible remedio.

—Señor, me pregunto si quizá vuestra esposa...

Roger sonríe y se palmea la frente como si acabase de caer en la cuenta.

—¡Pues claro! ¡Mi adorada María! Estoy seguro de que ella accederá a poner sobre pergamino todo cuanto tu corazón le dicte. ¡Vamos! Volvamos a palacio. No hay tiempo que perder.

Regresan sobre sus pasos, suben de nuevo a los caballos y emprenden un trote suave. Garcés sigue sin acompasar sus movimientos a los de su montura.

Pero ya no siente el dolor en las nalgas ni en el espinazo. Casi cree ir flotando en el aire.

—¿Cómo has dicho que se llama tu dama? –grita Roger, de pronto.

—No os lo he dicho. Se llama Viola.

—¿Viola? ¿Qué diantre de nombre es ése?

Garcés ríe abiertamente.

—¡Para mí, el nombre más hermoso del mundo!

Anatolia. Año de 1302

Al frente de la Compañía de Almogávares, Roger de Flor cruza el Bósforo y se interna en la Anatolia.

Para los otomanos, la derrota de Artaki pronto ha quedado en mera anécdota y Andrónico, abrumado por la enemistad de Venecia, los pleitos con los angevinos y la indiferencia de occidente, ve cómo ya sólo puede confiar en los almogávares, unos pocos miles de mercenarios que ni siquiera le reconocen como emperador, que siguen invocando a reyes y tierras lejanos, y encomendándose a un santo que nadie allí conoce.

Con su voz atiplada, impropia de la grandeza que representa, ha suplicado a su caudillo que persiga al turco hasta derrotarlo por completo. Para ello, lo ha tentado con lo máximo que puede ofrecer.

—Libradme de Alí-Shaír y, a vuestro regreso, os nombraré César del Imperio.

Roger de Flor ha sonreído, aparentemente complacido. Luego, ha respondido con un sarcasmo.

—¿Imperio? ¿Qué imperio, señor?

A marchas forzadas

Los turcos asedian de modo cada vez más opresivo Filadelfia, el último bastión del Imperio bizantino. Y hacia allí se dirige la Compañía de Almogávares a marcha forzada, dispuesta a enfrentarse a un enemigo cinco veces superior.

Contra su costumbre, no asolan poblaciones a su paso, ni toman botín. Avanzan imparables, con la determinación del que nada tiene que perder porque nada tiene.

Cataluña y Aragón quedan tan lejos...

Roger de Flor, pese a la congoja de verse separado de María Xenia, lidera a sus hombres como nunca.

Garcés, por su parte, cada día se siente más atormentado por el recuerdo de Viola, cuyo rostro cree descubrir en las nubes, en el horizonte, en las llamas de las hogueras, en el sueño...

García García procura, de cuando en cuando, rescatar a su hijo de la melancolía. Por las noches, en los campamentos provisionales, rememora con él el pasado.

Recuerda amigos y aldea; le habla de su madre, a la que Garcés no conoció; de los abuelos; de la cosecha y, con menos ganas, de viejas historias bélicas de sus antepasados, que acaban por recordarles su destino de soldados de fortuna.

Han llegado mensajeros

La avanzadilla de exploradores anuncia la cercanía de Filadelfia. Sitio, sitiadores y sitiados serán avistados por la Compañía dentro de una jornada.

Esa misma noche, la inconfundible silueta de Roger de Flor avanza entre las fogatas del campamento de sus hombres hasta encontrar a García y su hijo.

—¡Al fin! –exclama al dar con ellos, sentándose entre ambos–. Hace algún tiempo que quería hablaros y creo que ya no habrá otro momento que éste.

García ofrece un trago de vino a su jefe y luego, durante un buen rato, callan los tres.

—¿Qué os parece? –murmura Roger, de improviso–. Aquí estamos, en tierra cercana al fin del mundo, perdiendo el resuello por retar a veinte mil guerreros de un imperio que ni nos va ni nos viene... para defender otro imperio que ni nos viene ni nos va. Y mañana es el día.

García sonríe con pesadumbre, al tiempo que hace un gesto vago. Es la indiferencia del que se ha visto en las peores circunstancias y al que ya no le asusta ni el propio miedo. Lucha sólo por Garcés y, acaso, por llevar algún día unas monedas a su casa natal. Su vida hace ya tiempo que nada le importa.

—Aunque sería mi deseo –prosigue el megaduque en voz más baja–, sabed que no puedo imponeros el quedar en retaguardia, por la sencilla razón de que no existirá retaguardia. En esta ocasión va a haber "lote" para todos.

—Así lo suponía –responde García.

—Pero sí ordeno que os incorporéis ambos a mi guardia personal. Eso aumentará vuestras posibilidades de salir con vida.

—Gracias, señor. Así se hará.

Roger se vuelve ahora hacia Garcés.

—¿Sigues obstinado en no utilizar armas?

Garcés asiente.

—Sé que no he nacido para soldado. Y creo que uno debe, ante todo, seguir los dictados de su conciencia.

García se desconcierta, como siempre que oye a su hijo afirmar esas cosas u otras semejantes.

—¿Y tu conciencia no te dice que lo primero es conservar la propia vida? –le pregunta.

—La vida es importante, padre, en efecto. Pero quizá no lo más importante. ¿De qué sirve vivir si te traicionas a ti mismo?

García mira a su hijo con expresión atónita, preguntándose de quién demonios habrá aprendido tan extraños razonamientos.

—Tal vez tengas razón –concede Roger, por su parte– pero difícilmente puede uno ser fiel a sí mismo si aparece un infiel y te rebana la garganta.

—Si me veo en ese trance, ya decidiré qué hacer.

Es entonces cuando Roger, de improviso, saca de entre sus ropas un maltrecho pergamino.

—Por cierto, han llegado mensajeros de Constantinopla. Mi esposa te envía su cariño. Que volvamos pronto, exige.

—Lo celebro. Enviadle un saludo mío y todo mi respeto.

—Lo haré. El caso es que... no sólo de ella ha habido noticias. Esta otra misiva ha llegado de mucho más lejos.

Garcés siente que se le acelera el pulso ante la sonrisa del megaduque.

—¿Qué queréis decir? ¿Es de ella? –grita Garcés, entusiasmado–. ¡Oh, bendito seáis! ¡Entregadme el mensaje, por vuestra vida!

Roger, sonriente, se lo alcanza y el joven almogávar cree enloquecer de felicidad. Besa el pergamino, lo acaricia, lo huele, lo estrecha contra su pecho... Pasados unos minutos, recuperado en parte el sosiego, se lo tiende al megaduque.

—Leédmelo, os lo suplico.

—Ah, no. De ningún modo.

La tajante e inesperada negativa hace palidecer a Garcés.

—¿Qué decís? –pregunta exaltadísimo– ¿No? ¿Cómo que no? ¿Qué ocurre? ¿Son malas noticias? Son malas noticias, ¿verdad? Leédmelas, pese a todo. ¿Acaso le ha ocurrido algo a Viola? ¿Ha sido su padre, ese monstruo aborrecible? ¿Qué le ha hecho?

La mirada de Roger se ha vuelto de hielo.

—Cálmate. No son malas noticias. Al contrario, es una hermosa carta de amor. Pero si quieres conocer su contenido, tendrás que ganártelo.

Garcés parpadea, atónito.

—¿Qué? Pero... ¿qué estáis diciendo?

—Quiero estar seguro de que, pese a tus endiabladas ideas, harás lo posible por salir vivo de la batalla que nos espera. Sólo si quedas con vida conocerás el contenido de ese mensaje.

El joven almogávar no puede dar crédito a sus oídos.

—No es posible... ¡No podéis hacerme esto!

—Quizá descubras que, en ocasiones, hay cosas por las que merece la pena luchar. Si tu propia vida no te parece suficiente motivo, quizá lo sea el amor de Viola.

Garcés busca con la mirada el apoyo de su padre, pero García no mueve ni un músculo.

—¡Pero...! ¡Habéis perdido todos el juicio!

Roger sonríe y, ante la desesperación de Garcés, emprende el regreso a su tienda.

—¡Alto! ¿Adónde vais? –grita Garcés, fuera de sí.

Pero Roger ya se aleja y el muchacho se ve obligado a seguirle a través del campamento, dando voces.

—¡Os tenía por un amigo y me habéis traicionado ferozmente! ¡Oh, vergüenza! ¡He trabado amistad con un traidor! ¡Oídme, almogávares! ¡Vuestro jefe es un traidor! ¡Un traidor y un loco! ¡El megaduque de Bizancio ha enloquecido sin remedio!

Los guerreros con los que se cruzan los miran, divertidos. Algunos prorrumpen en carcajadas y esto enfurece aún más al joven, que acaba por patear el suelo con furia mientras Roger se pierde en la oscuridad.

—¿Quién sabe leer? –grita Garcés, de pronto, mirando a su alrededor–. Por favor ¿quién sabe leer?

Corre de un lado a otro, llorando de rabia, agitando el ajado pergamino.

—¿Es que no hay aquí nadie que sepa leer? ¿Sabéis vos leer? ¿Y vos? ¿Quién? ¿Quién? ¿Sabéis de alguien que sepa leer?

Los cansados guerreros se encogen de hombros o sacuden la cabeza o abren los brazos mientras Garcés sigue preguntando.

Tras recorrer todo el campamento, regresa junto a su padre y se deja caer a su lado, de rodillas en el suelo.

—¿Has tenido suerte? –pregunta García, tras una pausa.

Garcés niega con la cabeza. Luego, rezonga:

—¿Qué maldito mundo es éste en que nadie sabe leer una carta de amor?

La batalla de Filadelfia

La undécima carga almogávar decide, por fin, a Alí-Shaír a lanzar la mitad de sus efectivos contra los impertinentes cristianos. Sabía de su presencia en Anatolia pero jamás creyó que osaran atacar de este modo al ejército más numeroso y mejor pertrechado de Asia.

Filadelfia, tras un asedio de meses, está a punto de rendirse a las tropas del Agá máximo. Era después de esta rendición cuando el jefe otomano pensaba ocuparse de los almogávares. Pero, de modo incomprensible, han sido ellos quienes han roto las hostilidades.

Desde el amanecer, se han sucedido los inexplicables ataques. Sin ninguna lógica aparente, grupos de cincuenta jinetes atacan a los sitiadores una vez tras otra, en diversos puntos y de modo aparentemente suicida.

Los arqueros turcos, dispuestos en abanico, derriban a buen número de ellos ya en la aproximación. Los que logran romper el cerco, incendian tiendas y siegan no pocas vidas con sus espadas cortas. Algunos, a golpe de mandoble, logran llegar hasta el mismo corazón del campamento antes de ser derribados.

En conjunto, esas acciones resultan menos dañinas que el aguijonazo de una avispa pero acaban por exasperar a los oficiales otomanos, que piden a su jefe respuesta a tan absurda provocación.

Desde su tienda, Alí-Shaír contempla, cada vez más perplejo, el incomprensible despliegue enemigo.

Ocupando toda la llanura, la Compañía ha formado un círculo. Un círculo enorme compuesto por algo más de un millar de grupos minúsculos, de tres o cuatro hombres tan sólo, próximos entre sí pero perfectamente autónomos. En el centro del gran círculo se sitúa lo que queda de la caballería, unos cuatrocientos jinetes, más los principales oficiales cristianos con sus guardias personales. No se sospecha movimiento estratégico alguno, ni se avista ninguna arma secreta que pueda hacer pensar en un engaño. Se trata, al parecer, del despliegue de un puñado de locos que no se moverán de allí hasta morir.

Alí-Shaír permite por fin a sus indignados oficiales que formen en orden de batalla a la mitad de la tropa. Bastará con eso. Que dos filas de arqueros rodeen el círculo suicida formado por los cristianos y que los asaeteen sin piedad. A continuación, que la caballería irrumpa entre ellos y acabe con todos.

Con todos, salvo con los jefes. Ordena que éstos sean arrastrados a su presencia, por ver si puede obtener de ellos una aclaración sobre tan descabellada estrategia.

Mientras los turcos inician sus movimientos, Roger de Flor da las últimas instrucciones a sus hombres. Se despliegan las barras rojas sobre fondos amarillos; ondean las cruces de San Jorge y de Íñigo Arista sobre fondos blancos manchados de sangre vieja.

Pronto dan comienzo los vítores, consignas y jaleos: San Jorge, el rey don Jaime, Aragón, Pallars, la Ribagorza...

—¡Prevenidos! ¡Los turcos van a atacar!

—¡Desperta, ferro!

—¡Desperta, ferro!

El grito se escucha por toda la llanura, recorriendo el círculo de fuera adentro.

Tres bajas

Garcés siente la algarabía como algo ajeno. Sin embargo, no puede evitar contemplar el pergamino de Viola como un fetiche y lo estrecha contra su pecho para darse ánimos.

Su padre toma ceremoniosamente el ferro y traza ante sí, en la tierra, una línea recta.

—No han de pasar de aquí –afirma con voz sorda.

El rugido procedente del límite exterior del círculo, aumenta.

—El enemigo debe de estar a punto de completar su movimiento de ataque –deduce Roger–. El momento crucial se acerca. El "lote" no va a ser tan terrible como yo suponía. Los turcos han cometido su primer gran error: confían tanto en su superioridad que van a atacar con sólo la mitad de sus hombres. Así pues, no tocamos a más de tres enemigos por cabeza. Eso es todo cuanto te pido, Garcés: que domines tu "lote", es decir, que ocasiones tres bajas al enemigo... y que no te dejes matar, naturalmente.

—¿Sólo eso, señor? –pregunta Garcés con ironía, mientras Roger se aleja.

García, por calmar en lo posible el nerviosismo que los atenaza, trata de explicar a su hijo la estrategia diseñada por don Roger.

—Aún a costa de un buen número de bajas, hemos conseguido irritar al enemigo para que sea él quien nos ataque. Como sabes, la posición defensiva siempre comporta menos riesgos. Nos hemos repartido en pequeños grupos porque sabemos que, en defensa, un grupo de tres o cuatro hombres es mucho más eficaz que esos mismos actuando por separado. Además, entre todos hemos formado un gran círculo. Tratamos así de inducir a los turcos a que también ellos se desplieguen en círculo para el ataque. Tendrán una engañosa sensación de superioridad al rodearnos por completo. Creerán tenernos dominados y controlados. Pero lo único que habrán hecho será desperdigar sus fuerzas. Si, por el contrario, decidieran atacarnos por un solo lugar, en un avance en punta de lanza, seguramente acabarían con nosotros en un suspiro.

—De este modo, en cambio, tardarán un poquito más –vaticina Garcés, irónico de nuevo a causa del miedo.

—Nuestras posibilidades son pocas, pero existen.

—¿Posibilidades? ¿De qué hablas, padre? ¿Es que no ves lo que se nos viene encima?

En efecto, el ejército otomano ha completado su maniobra envolvente. Diez mil hombres, avanzando a pie y a caballo, conforman un espectáculo aterrador.

—No querría estar en el exterior del círculo, soportando la primera embestida –confiesa Garcés.

—Desde luego, los grupos de primera línea son los que salen peor parados. Por ello están formados por cinco hombres, en lugar de tres o cuatro. Y la caballería está presta a acudir en ayuda de los que lleven la peor parte.

—Aun con todo, se me antoja una defensa imposible. No hay más que ver la desproporción de fuerzas.

—Tremenda, sí. Para conseguir que el enemigo no penetrase en el círculo, los grupos de primera línea deberían dominar un "lote" de, al menos, siete u ocho atacantes por cabeza. Lo cual es harto difícil.

—Imposible, diría yo.

—Imposible, no. No conoces bien a tus compañeros. Además, les tenemos reservadas a los turcos algunas sorpresas.

Como un ciclón

Alí-Shaír en persona da a sus hombres la orden de atacar.

El doble anillo de arqueros avanza hacia la Compañía. Pronto corre entre los cristianos un mensaje de alivio.

—¡No hay arqueros largos!

El arco largo es el arma más temible a la que se pueden enfrentar caballeros e infantes. Con un arco de dos metros se pueden lanzar saetas desde tanta distancia y con tal potencia que el atacante es prácticamente invulnerable. El inconveniente del arco largo radica en su propia potencia: es necesaria una fuerza hercúlea para tensarlo convenientemente. Sólo hombres de gran talla y sometidos a duro entrenamiento pueden manejarlo. Los arqueros largos se convierten así en soldados de elite y quien ha vivido un enfrentamiento con una de esas unidades, no lo olvida jamás y les teme de por vida.

Por fortuna, los arqueros de Alí-Shaír son de lo más corriente. Tendrán que aproximarse mucho si quieren alcanzar su objetivo. Y eso es lo que los almogávares esperan.

Los turcos se detienen a menos de cien metros y disparan sus arcos.

Pero cada grupo de almogávares une sus pequeños escudos para confeccionar una suerte de caparazón. Sus componentes se acurrucan tras él de tan estudiada manera que quedan casi completamente a cubierto de la lluvia de saetas. Por si esto fuera poco, muchos de ellos se han colocado herrumbrosas cotas de malla que les protegen con eficacia la cabeza, el cuello y buena parte del tronco.

Los arqueros quedan desconcertados ante la poca efectividad de su ataque. Pero su asombro aumenta al ver que, justo tras su disparo, de cada uno de los pequeños grupos de enemigos salta un hombre, avanza hacia ellos treinta pasos a la carrera y les arroja a mano una gran saeta, casi al modo en que los antiguos atletas lanzaban la jabalina. Y mientras los primeros lanzadores regresan a sus posiciones, ya otro grupo realiza la misma operación y, en zigzagueante carrera, les envía otra andanada. Y ya otra viene de camino. Y otra más.

Caen abatidos los primeros turcos. Los oficiales se vuelven perplejos hacia Alí-Shaír. Nadie contaba con enfrentarse a arqueros, por la sencilla razón de que no los había.

En medio de bajas considerables, los turcos ordenan el ataque de la caballería. Una caballería que debería haber encontrado a un enemigo diezmado y que, en cambio, se le presenta casi incólume.

Pese a todo, la acometida de los jinetes es demoledora.

Los almogávares lanzan con maestría sus saetas y chuzos a las patas de los animales, que ruedan por el suelo levantando nubes de polvo blanco. Pero eso no evita que los turcos irrumpan en el círculo como un ciclón.

A carcajadas

Ferrer de Pallarons se acerca al galope.

—¡A ver cómo os portáis, inútiles! –grita el noble, con su habitual grosería–. Me envía don Roger a ayudaros. Mucho os debe de apreciar para encargar al mejor de sus hombres que os saque las castañas del fuego.

—Sed bienvenido –le dice García– pero cuando acabe la batalla, juro que os habéis de tragar vuestras burlas.

—Y vuestra soberbia –añade Garcés.

Ríe a carcajadas el de Pallarons.

—Estoy de acuerdo, patanes. Pero ahora, a lo nuestro, que ya los tenemos aquí.

Y, tan pulido y preciosista como siempre, se centra el medallón y se estira grácilmente el faldellín de la armadura.

Garcés no puede ni aun verle sin sentir picores pero, en el fondo, se alegra de tenerlo a su lado. Sabe que, aunque soberbio como pocos, don Ferrer es un gran luchador, resuelto y valiente.

—¡Aquí están los primeros!

Son seis o siete turcos, que se les echan encima como lobos. Garcés se ve comprimido entre su padre y los otros dos compañeros de grupo. Lanzan sus chuzos y tres caballos otomanos ruedan por tierra. Don Ferrer se enfrenta a los restantes aullando como un diablo. En un abrir y cerrar de ojos, descabalga a uno de un golpe y acaba con otro de un certero tajo en pleno rostro.

Garcés siente cómo le sube la bilis a la boca.

Llegan más enemigos de todos lados. Uno de los almogávares que lo protegen cae herido, con la cabeza ensangrentada. Su padre no da abasto a repeler agresiones. Con una espada en cada mano, hiere sin descanso a jinetes y cabalgaduras.

—¡Al suelo, hijo, al suelo! ¡Échate al suelo y finge haber muerto! –grita García, desesperado, mientras describe terribles molinetes con las armas.

Pero la embestida de un jinete desmantela el reducido grupo y, de improviso, Garcés se encuentra corriendo a cuatro patas entre la vorágine, tropezando con los cadáveres de hombres y animales, reptando sobre el barro formado por tierra y sangre.

Pide a gritos una espada y acaba por arrancar el alfanje de la mano de un turco agonizante. Nunca se habría creído capaz. Se alza y busca a su padre. De repente, se topa de manos a boca con un infiel salido de no sabe dónde. Pero Garcés, ante su propia sorpresa, reacciona correctamente. Rompe, esquiva, para, lanza el brazo... Las lecciones de Alfonso el herrero, a fin de cuentas, han dejado su poso. Su contrincante no debió de tener tan buen maestro y, un instante más tarde, se contempla atónito el brazo derecho, terriblemente herido por debajo del codo.

—¡La vida de don Roger corre peligro! –se escucha entonces.

—¡A don Roger, a don Roger! –urgen varias voces.

Garcés ve a Ferrer de Pallarons saliendo como un rayo en ayuda de su caudillo. Luego descubre a su padre, solo ante una docena de turcos. Corre hacia él, abriéndose paso a espadazo limpio. Consigue colocarse a su lado, espalda contra espalda, y ambos se defienden como perros rabiosos durante un tiempo interminable.

Garcés pelea como si lo hubiera hecho toda la vida. Cree oír la voz de Alfonso el herrero: "Nadie sabe de lo que es capaz hasta que no se ve en la necesidad de demostrarlo."

Entonces, ocurre: un enemigo encuentra el momento oportuno y, de un terrible mandoble, lo desarma. Caído en tierra, Garcés ve una espada curva sobre sí, iniciando el descenso. El tiempo parece detenerse y toda su vida le pasa ante los ojos en imágenes desordenadas: su madre, sin rostro; Viola; Garci y Paula; Viola; La val y Santa María. Los amigos. Alfonso. Y Viola... ¡Adiós, Viola!

Pero en el último instante, cuando Garcés ya ha cerrado los ojos mansamente, una figura se interpone entre él y la muerte.

El acero se hunde en el costado de su padre con una facilidad absurda, con un chasquido tenue, engañoso.

Don Ferrer regresa junto a ellos al galope tendido. Pero lo hace un segundo tarde. Asesta tal mandoble al turco, que le rebana de un tajo la cabeza, que sale dando vueltas por el aire. Pero de nada sirve ya.

Tras don Ferrer, acuden varios caballeros cristianos. Pero de nada sirve ya.

Los hombres de Roger de Flor se están haciendo con la situación en todos los frentes.

Pero de nada sirve ya.

Garcés tarda unos minutos en volver a la realidad. Ve entonces a su padre y, sin poderlo evitar, fuera de sí, lanza un grito largo que se asemeja a una negativa.

—¡No, amigo mío! –escucha entonces–, tu padre agoniza. No le dejes este último recuerdo. Abrázalo. Abrázalo y no lo sueltes hasta el final.

Es Roger. Está conmovido pero ha intentado que el tono y la mirada no le traicionen.

Garcés vuelve a su ser. Incorpora a su padre y le apoya la cabeza contra un caballo muerto. Se abraza a él. García no puede hablarle sino con un resto de mirada que anuncia su fin. La cercanía de la muerte rejuvenece sus facciones. Y, al llegar a niño, se permite dos lágrimas de felicidad por ver vivo y salvo a su único hijo.

De modo que esto es la muerte.

Vaya...

La lleva esperando tanto tiempo...

En un acto reflejo, intenta pellizcarse un brazo sin conseguirlo. Y se deja vencer, al fin, por el sueño.

Juntos

Roger de Flor echa pie a tierra, se quita la capa y cubre con ella el cadáver de García García, el almogávar.

—Ha dado la vida por ti, que eras parte de él. Recuerda eso siempre.

Tras volver a montar, se dirige de nuevo a Garcés.

—Aunque no te sirva de consuelo, has de saber que hemos vencido. Alí-Shaír se retira con menos de la mitad de su ejército. Filadelfia nos abre sus puertas.

A continuación, vuelve grupas y grita:

—¡A degüello contra los supervivientes! ¡El botín queda abierto! ¡Y después, abrid fosas comunes y enterrad juntos a todos los caídos!

Un oficial tuerce el gesto.

—¿Juntos decís, señor? ¿Juntos, cristianos e infieles?

—Juntos, sí –repite Roger–. ¿O acaso no han muerto juntos?

El olor de la guerra

Garcés, como un sonámbulo, busca desde hace rato la raya que su padre trazara en tierra con su espada, al comienzo de la batalla. La encuentra al fin, pisoteada, casi imperceptible. A partir de ella, marca un rectángulo.

—No pasaron de aquí, padre.

Luego, sin prisa, comienza a cavar una tumba.

Lleva ya un buen rato en la tarea cuando se le acerca don Ferrer de Pallarons. Garcés ni siquiera lo mira. El noble se mete junto a él en la fosa y, con sus propias manos, comienza a sacar puñados de tierra. Durante unos minutos trabajan ambos en silencio. Justo hasta que don Ferrer lo rompe.

—Sé que me consideras responsable de la muerte de tu padre. Pero cuando os abandoné para salir en defensa de don Roger hice lo que creí que debía hacer.

—No me cabe duda, señor –replica Garcés, con un hilo de voz.

Cae el día. Enrojece el sol.

—Era el hombre más valiente y el mejor guerrero que conocí. De haber nacido noble, habría cosechado fama y fortuna.

—Sí –admite Garcés–. De haber nacido noble...

Siente la mente vacía. Por no pensar, ni en Viola piensa. De vez en cuando le sacude el olfato un olor denso, abrumador y nauseabundo. Como el de un veneno ponzoñoso.

Es el olor de la guerra.

Huele a muerte.

Bizancio. Año de 1304

El límite

Emulando al glorioso Carlomagno, aunque con medios infinitamente más precarios, la Compañía de Almogávares recorre la Anatolia de parte a parte. Unas veces perseguidos y otras, las más, persiguiendo al turco, los aragoneses han forjado un rosario de hazañas capaces de asombrar al mundo: Artaki, Filadelfia, Magnesia... nombres que los otomanos asociarán ya para siempre con la bravura de unos extranjeros venidos desde el límite occidental del mundo conocido.

El precio, de cualquier forma, ha sido altísimo. Aun siendo vencedores, el número de los almogávares apenas alcanza la mitad que cuando partieron de Sicilia, dos años atrás. Tras este tiempo de lucha, la amenaza otomana, si no vencida por completo, está subyugada; y en mayor medida, incluso, de lo que Andrónico habría podido esperar. Los guerreros de Roger de Flor, tras derrotar a los turcos en Magnesia,

Tira y Éfeso, los han perseguido a lo largo y ancho de su propio territorio hasta arrinconarlos en las estribaciones del monte Taurus, en cuyas faldas les infringen una nueva y definitiva derrota.

Para entonces, los almogávares atesoran ya en arcas, alforjas y zurrones, el oro más puro, las más lujosas armas, las joyas obtenidas según la ley de la guerra.

Mas ya es bastante.

Pese a los triunfos, están agotados en cuerpo y alma. Y en sus conversaciones se empieza a hablar de regreso, si no a Aragón, Navarra o Cataluña, que ahora parecen inalcanzables, al menos a Bizancio.

Es el momento que Roger ansiaba desde hacía tanto tiempo.

Si por él hubiese sido, habrían vuelto a Constantinopla inmediatamente después de la victoria de Filadelfia. Pero no era ése el deseo de sus hombres, que tenían aún fresco en la mente el trato despectivo de que fueron objeto por parte de los bizantinos. Y Roger, aunque loco de deseo por estar junto a María Xenia, nunca olvida que se debe a quienes lo eligieron como caudillo.

Sólo ahora, cuando sabe que al fin coinciden sus deseos y los de su tropa, solicitará al emperador permiso para regresar.

César del Imperio

Andrónico cumple la palabra dada. Así, a su regreso de Anatolia, Roger de Flor es nombrado César del imperio bizantino. Junto a su esposa, se sienta apenas un palmo más abajo que el propio emperador.

Y la corte entera, esa corte que no ha sabido por sí misma ofrecer a su pueblo un solo líder capaz de defender lo suyo, va gestando un odio ciego hacia el triunfador extranjero. Encabezada por los propios hijos del emperador, Miguel Paleólogo y Calo Juan, la nobleza alienta un sinfín de patrañas contra Roger, Xenia y su tropa mientras, con el más burdo disimulo, se deshacen en halagos hacia la imperial pareja, que les sigue la corriente y se deja querer.

Con pulso inseguro

Garcés no puede evitar un soplo de orgullo al contemplar la arqueta de marroquinería. Contiene oro suficiente como para que sus abuelos no vuelvan a pasar privaciones en lo que les reste de existencia. Junto a ella, el más ostentoso alfanje de todos los arrancados al enemigo durante estos años. Será para Alfonso, el viejo entrenador, al que tantas veces maldijo antes de comprobar lo valioso de sus lecciones.

Para Viola intenta componer una misiva, unas líneas tan sólo, pero los recuerdos se le atropellan en la mente y las palabras, entre los dedos. Cuánto desearía ser más hábil con la pluma. Garcés escribe y rompe, rompe y escribe. Y se desespera.

—¿Qué me sucede? –se dice–. ¿Qué me sucede? ¿Es que ya no la quiero?

Ni una línea

Roger, que tiene la regia costumbre de no llamar a puerta alguna, lo sorprende en pleno conflicto.

—¿Acabas ya, Garcés?

—Casi. Dejadme firmar. Y hacedme la merced de repasar la ortografía.

—No será necesario –afirma Roger–. Aun sin verlos, puedo asegurar que tus escritos son una sucesión de incorrecciones.

—¿Cómo?

—Habiendo tenido un maestro como yo –explica, risueño– otra cosa resultaría impensable.

—Pero, señor...

—Tengo que confesarte algo, Garcés: mi ortografía es absolutamente infame. Raras veces he tenido necesidad de escribir pues siempre he dictado mis órdenes y mensajes. Así pues, me extrañaría que esas cartas tuyas fueran siquiera legibles.

Y Roger se ríe de sí mismo de modo contagioso.

—Pero yo entiendo lo que escribo –se justifica Garcés–. ¿Acaso creéis que los demás no lo harán?

—¡Quién sabe! Escucha, vayamos a ver a María y que ella nos saque de dudas.

En el blanco

La torturada caligrafía de Garcés no consigue velar la sonrisa de la princesa, pese a sus esfuerzos para descifrarla.

—¿Aquí pone "aprisionado"? –pregunta de pronto.

—¡Ejem...! No, no... pone "apasionado" –susurra el joven.

—¡Oh...! Verdaderamente hay que tener cierta imaginación...

Roger se impacienta por momentos.

—Cuando acabéis, baja a caballerizas –indica a Garcés–. Te espero allí con los mensajeros.

Y añade, irónico:

—Daos prisa; convendría que partiesen hoy mismo.

Junto a María Xenia y Garcés quedan cuatro de las damas de compañía de la princesa que, para sofoco del almogávar, no pierden palabra de cuanto ella va leyendo en voz alta. Desde luego, el joven no contaba con que su mensaje de amor fuera hecho público de semejante modo.

Ríen. Discretamente, pero ríen. Y él se siente enrojecer hasta en el blanco de los ojos. Ni a mirarlas, se atreve.

De improviso, una de ellas alza la voz.

—Mi señora... Si lo permitís, nos retiramos. Creo que a vuestro invitado no le agrada nuestra presencia... en estas circunstancias.

María Xenia parece entonces caer en la cuenta del mal trago que está haciendo pasar al joven almogávar.

—Oh, sí... creo que llevas razón, Constanza. Podéis iros. Ya os llamaré.

Bajan la vista y se aprestan a dejar la estancia entre reverencias. Sólo Constanza lanza a Garcés una mirada de disculpa. Y él se encuentra, de repente, tratando de agradecerle sin palabras su intervención. Aprovecha, como ya ha hecho otras veces, para fijarse en ella detenidamente, en su indiscutible belleza; y siente un pinchazo en el estómago, como cuando se intuye que va a suceder algo importante. Como antes de entrar en batalla.

—Bien. Creo que con esto ya es suficiente –dice la princesa, repasando el escrito una vez más–. A quien tenga interés en su lectura no creo que se le presenten obstáculos insalvables.

Pero Garcés ya no presta atención a su mensaje. Se vuelve hacia María Xenia como si despertase en ese instante de un sueño leve.

—Señora, decidme ¿qué pensáis vos de Viola... y de mí?

Ella alza las cejas levemente.

—Pues... no se trata de un romance habitual, claro está. Tanto tiempo sin saber el uno del otro... aunque a mí no me cabe duda de tu amor hacia ella.

Garcés sonríe con tristeza.

—Es curioso. Vos no dudáis de mi amor, mientras que yo sí lo hago...

La confesión de Garcés despierta definitivamente el interés de la princesa.

—¿Acaso sientes que estás dejando de quererla?

—No, no es eso, pero... ¿sabéis? Es el caso que, de un tiempo a esta parte... antes no me ocurría... no... no puedo evitar sentirme deslumbrado por la belleza de algunas de las jóvenes de esta corte. No me entendáis mal: pienso en Viola y sólo con su recuerdo se me altera el pulso. Pero... su rostro se está desdibujando en mi memoria. Por más que lo intento, ya no logro verla con la precisión de antes.

Garcés oculta con la mano la mirada.

—Es normal, mi buen amigo. Ha transcurrido tanto tiempo...

—¡Y el que ha de transcurrir aún, me temo! Y, entretanto, Viola se esfuma poco a poco. Escapa como agua entre los dedos. En cambio, ellas son reales. No son fantasmas de la memoria. La primera de vuestras damas, sin ir más lejos...

—¿Constanza?

—Sí, Constanza. Es... es tan hermosa que se me nubla la vista cada vez que la miro. Sé que no la amo pero daría cualquier cosa por...

—¿Por...?

Garcés desvía la mirada.

—Vos sabéis... no me hagáis más difícil esta confesión. Luego, enseguida, me avergüenzo de mis propios pensamientos y sin embargo...

Garcés aspira una gran bocanada de aire, antes de concluir.

—Me siento tan confuso...

María Xenia se levanta del asiento y pasea por la estancia. Se detiene frente a la ventana y deja que su mirada se pierda en el más bello atardecer del mundo.

—¿Y bien, señora? –inquiere Garcés.

—Y bien ¿qué?

—Os estoy solicitando vuestro consejo.

La princesa sonríe con un deje triste.

—No, querido amigo. No me estás pidiendo consejo sino que justifique una decisión que tú ya has tomado. Y no lo voy a hacer.

El joven almogávar espera algo más pero sólo se encuentra con un espeso silencio que él mismo ha de encargarse de romper.

—Vuestro esposo ha de estar ya impaciente. Os ruego me disculpéis.

Cuando ya se dispone a salir, lo detiene de nuevo la voz de Xenia.

—¿Vas a enviar ese mensaje?

Garcés se toma un largo tiempo para responder.

—Sí. Voy a hacerlo, pese a todo.

Al abandonar la estancia, vuelve a tropezarse con la mirada de Constanza, revoloteando; posándose, al fin, sobre él. Garcés la atrapa entre sus propios ojos.

Salta una sonrisa intencionada.

Bizancio. De 1305 a 1307

Aburridos de ejercer de meros centinelas, sin empresa que llevarse a la espada, los almogávares mantienen, pese a todo, una constante actividad. En parte por hábito, en parte por desconfianza, se ejercitan a diario en la lucha o realizan largas marchas; o cazan.

Por otro lado, el tiempo transcurrido es ya mucho y, la mayoría, viendo difícil establecerse allí de por vida, empieza a soñar con volver al reino. Al viejo Aragón. A Cataluña. A casa.

Casi un corsario

La guardia personal de Roger de Flor la componen apenas un centenar de hombres al mando de Ferrer de Pallarons y Fernando de Ahones, secundados por cuatro sargentos.

Cuando corre entre ellos el aviso de que, con el próximo relevo, se llevará a cabo un zafarrancho de revista, la mayoría intuye que su caudillo les reserva alguna sorpresa.

A la llamada convenida, se concentran todos en el patio de armas vistiendo su uniforme de combate y esgrimiendo su arsenal particular. Los caballeros se hacen acompañar de sus monturas, perfectamente ensilladas y engualdrapadas.

Roger de Flor aparece también a caballo y gana el centro del patio. Todos le rodean, formando un círculo.

Roger, como tantas otras veces, se siente aturdido ante aquella catarata de lealtad. Aún se pregunta en ocasiones qué impulsó a esos hombres a solicitar jefatura de alguien como él, casi un corsario, enemistado con el Temple y con el Papado.

—Señor... cuando queráis –sugiere Ferrer de Pallarons.

Roger de Flor regresa de sus propios recuerdos.

—Comenzaré por decir que no os convoco para anunciar acciones de guerra. O sea, que seguiremos, en tanto nos lo permitan, disfrutando de la paz conquistada.

Un murmullo, que no termina de ser de satisfacción, se extiende por la explanada.

—Pero sabéis –continúa Roger– que padecemos una situación incierta. Todos disponemos, en mayor o menor medida, de bienes suficientes para vivir sin privaciones el resto de nuestros días. Sin embargo, no poseemos tierras que cultivar, ni ciudad que defender como propia, ni castillo que nos acoja. ¡Y bien sabe Dios que lo mereceríamos! No hablo por mí, que ostento honores de césar, ni por vosotros, que me acompañáis en este palacio. Hablo por vuestros compañeros, acantonados muchos en Gallípoli y repartidos los demás por todo Bizancio y aun por la Grecia. De buena tinta sé que no es el emperador el obstáculo a nuestro definitivo asentamiento sino la corte, encabezada por sus propios hijos.

Un rumor sordo, crispado, se extiende por la tropa. Cuando Roger logra imponer silencio, continúa.

—Y ahora, aquél que más odio nos ha demostrado, el que envenena a su padre con insidias y maquinaciones, nos invita, a su prima María y a mí, a visitarle en Adrianópolis. El heredero al trono de Bizancio dice querer rendirme homenaje para así reconocer mis grandes servicios... y pactar el futuro de la Compañía. De todos vosotros.

Entre los almogávares se alzan de inmediato voces enérgicas que desconfían de la propuesta de Miguel Paleólogo. Roger ha de alzar los brazos para acallar a sus hombres y poder seguir hablando.

—No os he reunido aquí para que me advirtáis del riesgo de la expedición, sino para pediros el sacrificio de acompañarme.

—¡Vos no tenéis que pedirnos nada! –exclama un soldado cercano–. Os basta con ordenar.

—Te agradezco la confianza, Oriol. Pero esta vez el riesgo es alto y todos lo vemos así. Sin embargo, no quiero rechazar la invitación por dos razones. La primera, porque no deseo ofrecerle a Miguel, con un desprecio por nuestra parte, excusa para alguna vil acción. Por otro, porque existe la posibilidad, aunque remota, de que se trate de una oferta sincera. Tal vez algo haya cambiado en la corte de Andrónico sin nosotros saberlo. Merece la pena intentarlo. Ahora bien, si nos presentamos allí toda la Compañía, armados y malencarados, quizá no logremos sino aumentar su odio. Por eso iré acompañado tan sólo por dos docenas de voluntarios.

Un sargento da un paso al frente.

—Creo hablar por todos si os digo que tenéis ante vos a cien voluntarios.

El asentimiento es unánime. Pero Roger niega con firmeza.

—Iremos sólo los dichos. Don Ferrer escogerá a los integrantes del grupo prefiriendo los solteros a los casados y los maduros a los jóvenes y viejos. Si aún así hubiera conflicto, que se decida por sorteo. Los demás permanecerán aquí bajo las órdenes del almirante Fernando de Ahones.

Antes de despedirse, puntualiza Roger.

—Me tranquiliza en buena medida el hecho de que mi esposa nos acompañe, pese a que le había rogado que no lo hiciera. Como sabéis, Miguel adora a su prima y dudo que sea capaz de inferirle daño alguno.

Garcés, situado muy cerca de Roger, lo mira de soslayo.

—Sobre ese extremo –dice– no estoy tan confiado como vos. Así que seré uno de los que os acompañe, os guste o no.

Ante su sorpresa, el césar asiente.

Adrianópolis

Cuando Roger y Xenia, acompañados por su séquito y escolta, entran en Adrianópolis, sólo pueden sentirse abrumados por el agasajo.

Como si el otoño hubiera llegado a destiempo, todos los rosales y las adelfas de la milenaria ciudad fundada por Adriano, aparecen despojados de sus flores, que son arrojadas al paso de la comitiva, en una lluvia de pétalos que les acompaña durante su recorrido.

Cada pocos pasos, los ciudadanos ofrecen a los recién llegados mistelas de vino endulzado con canela y fresca aguamiel.

Grupos de músicos los rodean de continuo, interpretando alegres sones.

A su llegada a palacio sale a recibirles el futuro emperador, encabezando su particular camarilla, obsequioso y hospitalario como nunca.

Se dirigen, por fin, a las reales estancias y, en el tiempo de un suspiro, el tumulto se disgrega. Todos parten veloces a los lugares elegidos para el gran banquete popular. Hoy comerán carne, pan blanco y frutas de precio inalcanzable. Sin límite.

Con un gesto

No hay indicios de peligro.

Los almogávares inspeccionan minuciosamente cada sala, cada corredor que atraviesan. No se percibe movimiento sospechoso alguno en caballerizas, cocinas o patios. No hay a la vista más hombres armados que los centinelas de guardia.

Ninguna provocación.

A todos se les han asignado habitaciones propias pero sólo María Xenia y Roger las usan para refrescarse un poco y cambiar de atuendo antes del banquete. Los demás montan guardia en los accesos al aposento de la pareja.

Ferrer de Pallarons se muestra especialmente nervioso. Está convencido de que se aproxima una emboscada. Ordena a sus sargentos que la escolta flanquee sin disimulos en todo momento al césar y a su esposa, lo admita o no el protocolo. Y ha conseguido contagiar su preocupación a Garcés.

Salen Roger y Xenia, serenos. Cuatro hombres los rodean de inmediato.

—Pero ¿qué es esto, Ferrer?

—Señor, señora... todo está tranquilo. Demasiado tranquilo, si me permitís decirlo. Sinceramente, temo lo peor.

—Dejadme actuar a mi manera y calmaos –aconseja Roger–. Escuchad: al banquete asistiréis vos, el sargento Pont y García Garcés. Desarmados y con la mejor de las sonrisas. No olvidéis a qué hemos venido. El resto de los hombres, quedarán a las órdenes de Llombart y comerán donde nuestros anfitriones dispongan.

—Pero, señor, es una temeridad que...

Roger corta la réplica con un gesto y, acto seguido, ordena bajar a la planta noble.

Al pie de la escalera, varios criados aguardan para indicar el camino. Llegados a un luminoso distribuidor semicircular, los dos grupos toman caminos separados.

Desde el Norte

La recepción previa al banquete se lleva a cabo en el propio comedor, una sala amplísima, rodeada por una alta galería arquivoltada que le proporciona luz natural tamizada a través de grandes vanos, cerrados mediante alabastro fino como el vidrio.

Miguel Paleólogo pulula entre el medio centenar de invitados, deshaciéndose en sonrisas. Besa a su prima en las mejillas y estrecha la mano de Garcés, aun no entendiendo muy bien cuál es su posición y su cometido entre los hombres de Roger.

Luego, el hijo de Andrónico continúa saludando a damas y nobles. Curiosamente, parece haber invitado a este acontecimiento a algunos de los personajes con los que parecía enfrentado poco tiempo atrás.

Ferrer de Pallarons no lo pierde de vista ni un instante. Sin excesivo disimulo sigue atentamente sus idas y venidas.

De pronto, por una puerta situada al fondo, Miguel abandona la estancia. Visto y no visto.

Un maestro de ceremonias está empezando a indicar a los comensales sus respectivos lugares en la mesa cuando Ferrer, nerviosísimo, toma por el codo a Garcés.

—Corre a buscar a nuestros hombres, deprisa –le ordena–. Dile a Llombart que deje a seis en la entrada y, con los demás, busque el acceso a la galería superior. Esto no me gusta nada.

—Pero Roger ha dicho...

Al de Pallarons le rechinan los dientes.

—¡No discutas! Y haz lo que te digo si quieres salvar la vida de Roger. ¡Vamos!

Procurando pasar inadvertido, Garcés gana la salida principal. Una vez fuera, echa a correr tan rápido como puede. En poco tiempo llega al punto en que perdió de vista a los hombres mandados por Llombart y trata de recordar qué camino siguieron. Cuando cree estar seguro, se lanza de nuevo a toda prisa por un pasillo interminable.

En su carrera, se cruza con un grupo de hombres que avanzan presurosos y ordenados. Durante un instante no les presta atención, pues no se trata de soldados imperiales ni guardias de palacio. Pero la piel se le eriza al darse cuenta de quiénes son y de que van fuertemente armados.

—Santo cielo... –murmura para sí–. ¡Alanos!

Mercenarios como los almogávares, los alanos han acudido desde las tierras del norte en ayuda del emperador de Bizancio. Pero ambos pueblos se odian. Sobre todo desde aquella reyerta en las calles de Constantinopla en la que el hijo de Girgón, el caudillo alano, cayó herido de muerte a manos de almogávares.

Garcés corre tan deprisa como le es posible, pero no sabe hacia dónde. Escucha entonces un rumor lejano y, guiándose por él, continúa su carrera. El murmullo crece y se convierte en sordo griterío que le lleva hasta una antesala ocupada también por guerreros alanos. Cuidando de no ser descubierto, logra ver cómo han atrancado con maderos una gran puerta situada al fondo. Las voces que escuchaba proceden del otro lado. Son gritos de impotencia, juramentos e insultos que Garcés identifica de inmediato como pertenecientes a sus compañeros.

Así, pues, Ferrer tenía razón.

El odio

En la otra ala del palacio, los comensales han ocupado ya los lugares previamente asignados. María Xenia y Roger ocupan la cabecera de la mesa principal, separados por el anfitrión. Sin embargo, el asiento de Miguel Paleólogo permanece vacío. Algunos invitados comienzan a preguntarse por la causa de su tardanza cuando, al levantar la vista, Roger lo descubre frente a sí, en lo alto de la galería que circunda el comedor.

La sonrisa ha desaparecido de su rostro. Ha vuelto el odio.

Un instante más tarde, Miguel desaparece. Su figura es sustituida por la de Girgón, flanqueado por una veintena de sus arqueros. Roger comprende entonces, en un instante, que es el fin.

Vuelve su mirada hacia María Xenia. Será su último gesto, cuando ya las flechas de los alanos silban en el aire, camino de su pecho.

Sobre la sangre

Garcés vuelve sobre sus pasos, desencajado, comprendiendo que todos los malos augurios se han cumplido y que la temida emboscada se está llevando a efecto mediante plan tan implacable que ni uno solo de sus compañeros va a escapar con vida.

Es como una pesadilla en todo idéntica a las que le asaltan de cuando en cuando desde que entró en combate por vez primera, allá en Artaki. Pero esto no es un mal sueño.

El palacio se ha poblado de despiadados guerreros de cabellos hirsutos, que se gritan consignas en una lengua desconocida para Garcés.

En medio de la confusión reinante, nadie parece fijarse en él. Ha tenido suerte de no ir ataviado con el habitual atuendo almogávar.

Cuando llega al comedor, las puertas están abiertas.

La masacre se ha consumado en apenas unos minutos. Los arqueros han sido precisos y selectivos. No hay heridos. Sólo muertos e ilesos. Éstos no olvidarán jamás el horror vivido y lo pregonarán durante el resto de sus vidas allí donde vayan, para satisfacción de Miguel Paleólogo.

Garcés penetra en la sala pisando el enorme charco de sangre en que se ha convertido el suelo. Sintiéndose desgarrar por dentro, descubre a Roger.

Literalmente clavado a su sillón por media docena de saetas, mira con ojos que nada ven hacia el lugar que ocupaba su esposa. Permanece en su rostro una última sonrisa pavorosa. Al desangrarse con rapidez, su piel ha adquirido una tonalidad albimorada y semeja un fantasma de sí mismo, burlón y acusador.

Ferrer de Pallarons se estira hacia Roger desde el lado opuesto de la mesa, en un último e inútil gesto de protección; el ataque le ha sobrevenido por la espalda; y ha caído de bruces sobre los manteles, tiñéndolos con su sangre.

El sargento Pont yace también con la cara contra la mesa y una saeta atravesándole el cuello.

Dando sinceros alaridos de pavor y de pena, varias damas de la corte retiran ilesa a María Xenia, que ha caído inconsciente.

Garcés no puede soportar aquello por más tiempo. Loco de rabia y de dolor, cae de rodillas sobre la sangre, abre los brazos hacia el vacío y aúlla como un poseso. Varios cortesanos le reconocen y contemplan su desesperación entre el tumulto.

Se escucha entonces la voz de Miguel ordenando a todos salir de la cámara para limpiarla de la muerte. Sus ojos se clavan en Garcés, único superviviente de entre los extranjeros. Por un momento, da la impresión de que va a concluir la tarea. Pero, por fin, tuerce la boca en un amago de sonrisa.

Que viva. Que también él sea mensajero de los acontecimientos. En especial, ante aquellos que esperaban del emperador tierras en las que asentarse o paz para regresar.

Y ordena que, tras ser azotado, lo arrojen de la ciudad.

Sin piedad

Los que quedaron en Constantinopla con el almirante Fernando de Ahones son también asesinados en un ataque sorpresa perpetrado por los alanos.

Si la muerte de Roger de Flor parece enloquecer a los almogávares, esta segunda matanza desata sus más profundos instintos de venganza. El resto de la Compañía, dirigida ahora por Berenguer de Entenza, se reagrupa en Gallípoli. Y serán los habitantes de esta ciudad los primeros en sufrir las consecuencias de la represalia almogávar. El nuevo caudillo ordena a sus hombres dar muerte a toda la población de la ciudad. Hombres, mujeres y niños son pasados a cuchillo, sin piedad.

Mientras, las tropas imperiales avanzan hacia la ciudad, dispuestas a sitiarla. Decididas a acabar de una vez por todas con los demonios extranjeros.

Los mejores años

Garcés se ha quedado solo. Se siente perdido como nunca. Impulsado sólo por la inercia de saberse almogávar decide acudir junto a sus compañeros. Roba un caballo y consigue llegar a Gallípoli antes de que se complete el cerco del ejército imperial.

Nunca lo hiciera.

Contemplar los efectos de la venganza de sus compañeros sobre los inocentes habitantes de la ciudad a punto está de hacerle perder el juicio.

Sintiendo que ya nada le une tampoco a los miembros de la Compañía debe, sin embargo, sufrir junto a ellos el asedio.

Y allí, olvidada por la fuerza de los hechos su aversión a las armas, combate durante meses como un diablo.

Pero ya no sabe por qué lo hace, falto como está de familia y de amigos verdaderos. Su propia vida carece por completo de sentido. Se defiende porque sí; porque el hombre, estúpidamente a veces, siempre intenta sobrevivir.

Así, alejado por la distancia o por la muerte de cuantas personas podrían significar algo para él;

codeándose con la peste, con el dolor, con el odio, Garcés vive, sin desear vivir, aquellos que deberían haber sido los mejores años de su vida.

Sin fin

Una mañana, por fin, tras haber combatido en una de las mil escaramuzas que diariamente se producen entre sitiadores y sitiados, Garcés escucha los cuernos tocando a conquista.

Los almogávares, de manera inverosímil, han lanzado un doble ataque y han roto el cerco. Una vez más, han hecho lo imposible en el campo de batalla. El enemigo huye. Será el origen de una nueva revancha, en una espiral de sangre y sufrimiento que parece no tener fin.

Otro

Convertido ya en otro, desencantado de todos, Garcés abandona Gallípoli tras haber pasado casi dos años encerrado entre sus murallas. Sus pasos lo conducen hasta la costa. Necesita respirar la brisa salobre del mar.

Se acuerda entonces de sus abuelos, casi olvidados durante todo este tiempo. Querría abrazarlos, si es que aún viven. O limpiar su tumba de abrojos, si han muerto. Querría respirar el aroma de su val y caminar las sendas de Santa María.

Y ver a Viola de nuevo.

Cae entonces en la cuenta de lo poco que ha pensado en ella durante los últimos meses. Durante los últimos años, en realidad. Y no puede evitar preguntarse si seguirá siendo tan hermosa como él la recuerda. Si lo esperará, todavía, tal como prometió aquella noche... No, claro que no, qué absurda esperanza. Han sido tantos años de ausencia...

Impulsado por una emoción extraña, Garcés comienza a caminar sin rumbo. Sólo al cabo de un largo rato se apercibe de que avanza hacia el poniente. Hacia casa.

Antes de darle la espalda definitivamente, se vuelve a contemplar durante unos instantes ese lugar bellísimo donde se unen dos mares y se separan dos mundos y al que los griegos llaman Dardanelos.

Unos dicen que hay mil leguas de camino hasta Aragón. Otros hablan de dos mil. En realidad, ¿qué más da?

Se acerca un hombre, a buen paso. Por su indumentaria se adivina que no es un soldado, sino un comerciante. Pese a ello Garcés, siempre alerta, acaricia suavemente el puño de su espada.

Baronía de Goreia. Agosto de 1311

Cosas de mujeres

Don Lope bufa y rebufa como un toro mientras ensillan y enjaezan su caballo y los de su guardia personal. Pasea a grandes zancadas por el salón principal del castillo mientras el capitán Nicolás de Salz le observa desde un rincón de la estancia.

—¿Por qué tenemos que hacer esa visita? –brama el barón–. ¡Éstas son mis tierras! ¡Soy el señor natural de este territorio!

—Si no quieres, no iremos, Lope –replica, calmo, Nicolás.

—Sí, claro... ¡Pero tú me aconsejas que lo haga!

—Por supuesto. Nos interesa en gran manera. Es un misterioso personaje, ese almogávar. Parece rico y poderoso. Y, ya que nos ha invitado a su campamento, creo juicioso acercarnos hasta allí. Por un lado, evitaremos hacerle un desaire que quizá no resultase conveniente; por otro, será la mejor manera de averiguar sus intenciones.

Don Lope de Goreia vuelve a resoplar con disgusto.

—Eres demasiado cauto y astuto para mi carácter, Nicolás. En otro tiempo no habría permitido siquiera que ese intruso petulante se instalase en mis tierras. Lo habría aplastado como a una cucaracha apenas hubiera puesto el pie en la linde de mi baronía.

—En otro tiempo, quizá, Lope. Pero ahora, nuestros mejores hombres se hallan diseminados por todas las tierras de la Corona. Tu generosidad para con nuestros reyes nos ha dejado con las fuerzas un tanto justas.

—¡Aun así...!

—Por otra parte –corta el capitán– esa acción no estaría demasiado bien vista por tus súbditos. La admiración por ese hombre se propaga por tus tierras tan rápida como el viento. A fin de cuentas se trata de un almogávar, al igual que muchos de ellos. Con la diferencia de que no es un pobre aldeano, sino un gran personaje. Nada más y nada menos que el heredero del mítico Roger de Flor.

—¡Cuánta estupidez! ¿Cómo puede ser tan crédulo el pueblo llano? Roger de Flor murió sin reconocer descendencia, todo el mundo lo sabe.

—En efecto, Lope. Al parecer, no se trataría de su hijo, ni de pariente alguno. Hace ya tiempo que corre el rumor de que, a la muerte del de Flor, uno de sus hombres de confianza heredó, más por decisión de la princesa María que del propio Roger, una buena parte de su fortuna personal. Muchos indicios hacen pensar que tenemos aquí a ese misterioso personaje.

—Un bello cuento imposible de comprobar –rezonga el barón.

—Puede ser. Pero el pueblo llano, como tú lo llamas, está bien dispuesto a creer esas historias. Los que lo conocieron hablan de Roger de Flor como de un dios y todo cuanto concierne a su figura adquiere con facilidad tintes de leyenda.

El barón se deja caer en su sillón favorito, haciéndolo crujir.

—Lo que yo creo es que nuestro hombre ha tenido conocimiento de esa leyenda y pretende aprovecharse de ella. Una maniobra astuta pero fácil de desenmascarar. Veamos, ¿cuánto hace que murió Roger de Flor?

—Unos... seis o siete años, calculo.

—¿Lo ves? ¡Un impostor! ¿Cómo es que ha tardado siete años en llegar aquí desde Bizancio?

—Según se dice, tras la muerte del de Flor nuestro personaje estuvo en el sitio de Gallípoli, allá en Bizancio, que duró casi dos años. Y el resto del tiempo lo habría pasado en Bolonia, estudiando leyes y filosofía. Ésa sería, al parecer, una de las condiciones que le impuso la herencia.

El señor de Goreia lanza un gruñido sarcástico.

—Estudiando... valiente memez.

—También tu hija estudia, Lope.

—¡Pues eso! Cosas de mujeres y de frailes.

Nicolás de Salz se aclara la voz antes de proseguir.

—Dicen que antes combatió en Artaki y en Filadelfia. Y por toda la Anatolia después, cuando la Compañía diezmó una y otra vez al ejército otomano en batallas de las que aún hoy, se admira todo el orbe.

Don Lope mira entonces a su lugarteniente, se le acerca y se planta ante él, brazos en jarras.

—Nicolás... sabes en cuánto valoro tu amistad. Desde que murió mi querida Leonor eres, sin duda, la persona en la que deposito una mayor confianza. Pero empiezo a sospechar que estás mejor informado sobre ese individuo de lo que yo imaginaba. ¿Qué más me ocultas, capitán?

Nicolás exhibe al instante una mueca de disgusto.

—Nada te oculto, Lope. Pensé que mi obligación, como jefe de tu guardia, era indagar cuanto pudiera sobre este extraño personaje. Si me lo vas a echar en cara...

—Oh, disculpa, disculpa... –dice el barón, en tono ambiguo.

Entra un sargento y anuncia que los caballos están preparados.

—Si te digo la verdad, Nicolás, lo único que me mueve a esta expedición es la curiosidad. Partamos ya.

Al poco, acompañados por una quincena de hombres, Nicolás y don Lope emprenden camino hacia el norte. Les aguarda toda una jornada de camino.

—¿Y cuál dices que es su nombre? –pregunta el conde, iniciada la marcha.

—Se le conoce simplemente por “el almogávar”.

—Pues sí que estamos bien...

—...Pero según he podido saber, su nombre podría ser Garcés. Garcés de Santa María. O algo similar.

Don Lope se acaricia la poblada barba, con aire pensativo.

—¿De Santa María? ¿No fue en esa aldea donde tuvimos aquel incidente hace unos años? Sí, hombre, yendo de cacería por los parajes de Carcabiello. ¿O fue en Agüero?

—Ya no lo recuerdo, Lope –miente el capitán De Salz–. Hace tanto tiempo de eso...

Caso omiso

Al atardecer, divisan las tiendas del campamento.

Ya desde hace algunas horas, un grupo de almogávares, ataviados con sus típicos atuendos de cuero y pellejo, les dan escolta en la distancia. Está claro que ni una liebre puede moverse en esa parte del territorio sin quedar bajo el control de los hombres de Garcés.

Cuando don Lope y los suyos se hallan a media legua de distancia, salen a su encuentro seis jinetes ricamente engalanados a la usanza bizantina, portando guiones y lujosos estandartes. Crean una estampa impensable en esos parajes olvidados del más viejo Aragón.

El hombre que los encabeza se adelanta al galope.

—Barón de Goreia, sed bienvenido vos y quienes os acompañan. Mi nombre es Gianluca Santandrea. Si tenéis la amabilidad de seguirnos, os conduciremos a vuestros aposentos. Allí podréis descansar hasta el momento de la cena. Mi señor os ruega que le disculpéis hasta entonces.

Don Lope y su capitán cruzan una leve mirada antes de asentir.

Al paso, avanzan hacia el conjunto de grandes tiendas que conforman un campamento impresionante. El continuo ir y venir de hombres armados es claro exponente del elevado número de éstos que allí conviven.

—Disculpad, caballero –dice el barón–. Por vuestro nombre y maneras, se ve a las claras que sois extranjero. Y que también lo son muchos de los que aquí se hallan.

—Estáis en lo cierto. Somos una hueste de muy variada procedencia. Junto a infantes almogávares, sardos y sicilianos, podréis ver arqueros griegos o jinetes napolitanos. Incluso hay un buen número de turcos.

—¿Turcos? –brama don Lope, como si le hubieran mentado a Satanás.

Santandrea sonríe y jalea a su caballo.

Don Lope y Nicolás de Salz son alojados en sendas tiendas de pequeño tamaño pero lujosamente engalanadas con alfombras de Persia y pieles de animales exóticos.

Los hombres de la guardia ocuparán otra, más sencilla, pero que supera con mucho las habituales condiciones de vida de la tropa en el castillo de Goreia.

El capitán De Salz recibe autorización para establecer los turnos de centinelas que considere convenientes.

—Una hora después del anochecer os avisaremos para la cena –les indica Santandrea–. Permaneced aquí hasta entonces, os lo ruego.

Don Lope, cuya salud no es últimamente todo lo buena que él desearía, se siente cansado por la cabalgada y pronto se rinde al sueño.

Nicolás, por el contrario, ha decidido hacer caso omiso de las indicaciones del genovés. Deja apostados dos hombres ante la puerta de su tienda y, una vez que la oscuridad se ha adueñado del ambiente, la abandona por la parte trasera sin ser visto.

Con cautela, procurando no llamar la atención, va recorriendo el campamento. Comprueba que, en efecto, aquello es una curiosa amalgama de razas, lenguas y atuendos. Las mismas tiendas ya revelan gustos distintos y distintos orígenes. Las hay enormes, para dar cobijo simultáneo a varias docenas de hombres. Pero también diminutas, unipersonales, destinadas, sin duda, a quienes prefieren ir por su cuenta.

Nicolás de Salz no tarda en dar con lo que busca: la tienda principal; el alojamiento del misterioso almogávar que comanda aquella tropa singular.

A prudente distancia observa el espléndido pabellón. No hay signos de actividad en su interior, por lo que el capitán decide aguardar acontecimientos. Y no tiene que esperar mucho.

Llegan jinetes al campamento. Son tres y se dirigen justamente hacia allí. Visten con elegancia y uno de ellos revela en sus ademanes decididos la condición de jefe. Sus rostros, sin embargo, son difíciles de identificar en la penumbra.

"Ha de ser él", piensa Nicolás.

A la luz de las teas que flanquean la entrada del entoldado, el capitán observa a los dos centinelas allí apostados. Al reconocer a uno de ellos, traza un plan.

Algo tan descabellado

—Buenas noches, Farasdués.

El soldado se sobresalta al oírse llamar por su apellido.

—Capitán De Salz... ¿Qué hacéis vos aquí? ¿Venís acaso a uniros a nosotros?

—Oh, no –sonríe Nicolás–. Estoy invitado por tu jefe, junto con el señor barón.

—¡Ah...! De modo que seguís con el barón. Cometéis un error, creedme. Con el almogávar la soldada es mayor y el trato, más digno. Y conste que de vos no tengo queja alguna en todos los años que pasé a vuestras órdenes.

—Menos coba, Farasdués, y haz el favor de anunciarme.

El centinela intercambia una mirada interrogante con su compañero.

—Pero... no tengo aviso de que se espere a nadie.

—Pues a mí me han mandado llamar. Entra y pregunta, anda.

El soldado vacila pero, finalmente, obedece.

Apenas Farasdués traspasa el umbral de la tienda, Nicolás de Salz se acerca de modo despreocupado hacia el otro guarda. Y un instante después, como un rayo, salta sobre él, le arrebata la lanza y se la parte en la mollera, dejándolo inconsciente. De inmediato, se adentra en la tienda, siguiendo los pasos de su antiguo subordinado.

La primera reacción de Farasdués al descubrirlo es atacarle sin contemplaciones. Pero una voz enérgica detiene su acción.

—¡Quieto! ¿No ves que va desarmado?

Tras dar la orden, Garcés se aproxima a una antorcha, a fin de dejarse ver.

—Bienvenido, capitán –dice–. Me recordáis, supongo.

Nicolás lo mira con detenimiento, apenas frunciendo levemente el ceño. Al cabo de unos instantes, sin mudar la expresión, sin asombro, sin alegría, sin miedo, asiente con la cabeza, como dando por confirmado un presentimiento.

—En efecto, te recuerdo. Tu aspecto ha cambiado; pero eres el mismo, no hay duda. A decir verdad, lo sospeché desde el primer momento. Sin embargo, se trataba de algo tan descabellado que ni siquiera llegué a comentárselo a don Lope.

Pese a tener su misma estatura, da la sensación de que Garcés mira al capitán desde lo alto.

—Qué vueltas da la vida, ¿eh? Ni por lo más remoto se os habría pasado por la cabeza, aquella noche de tormenta, que ese montañés enclenque pudiera un día plantarle cara al ejército de vuestro noble señor.

Nicolás advierte tanto resentimiento en el tono de Garcés que decide evitar los rodeos.

—Dime, muchacho: ¿qué intenciones albergas al hacernos venir hasta aquí?

Garcés sonríe de un modo nuevo, de una forma que Nicolás nunca habría imaginado en aquel chico enamorado al que conoció nueve años atrás tiritando de frío.

—Lo único que deseo es dejar cada cosa en su justo sitio, capitán. Pero eso será a la hora de la cena. Volved a vuestra tienda, os lo ruego. Y esperad.

—Explicadme antes...

Pero cuando "el almogávar" da una orden, la réplica es imposible. Custodiado por su antiguo soldado, Nicolás se ve obligado a regresar a su tienda.

Una vez allí, le falta tiempo para dirigirse a hurtadillas a la de su señor.

—¡Lope! ¡Despierta, Lope!

—¿Qué...? ¿Qué ocurre?

—Tenemos que marcharnos ahora mismo.

El barón se frota los ojos, tratando de dilucidar dónde se encuentra.

—¿De qué estás hablando?

—Tu vida peligra, Lope. El almogávar no es otro que aquel muchacho que se enamoró hace años de tu hija Viola.

—¿Cómo? ¿Qué diantres dices...? Espera un momento... ¿Te... te refieres a aquel crío que secuestró a Violica toda una jornada y que luego se llegó hasta el castillo...?

—...Y tras cuya pista enviaste poco después a un par de asesinos que resultaron ser más torpes de lo esperado.

El barón palidece mortalmente al atar todos los cabos.

—¡Oh, Santo Dios...! –farfulla. Y siente, a continuación, que el pulso se le acelera hasta dolerle el pecho.

—Tranquilízate, Lope. Vamos a intentar huir sin ser vistos. Saldremos por la parte trasera de la tienda y abandonaremos el campamento en dirección al poniente. Creo que es el mejor camino. Iremos solos. Dejaremos aquí a nuestros hombres como distracción.

Tras establecer un sencillo plan, sale primero Nicolás e indica a don Lope la ausencia de peligro.

Pero apenas éste se halla también fuera, surgen de la oscuridad una docena de soldados, entre arqueros e infantes. Y la voz de García Garcés.

—Vaya, vaya... el señor de Goreia tratando de huir como una comadreja. Un comportamiento poco digno de un noble. Por cierto, estaréis de acuerdo conmigo en lo desagradable que resulta sentirse amenazado de muerte por una saeta. ¿No es así, don Lope? Gracias a vos yo ya conozco esa sensación.

Lo demás no importa

Se dirigen todos a la tienda principal.

—Tomad asiento, barón –sugiere Garcés al entrar, señalando un diván bajo rebosante de almohadas y cojines.

Don Lope permanece inmóvil.

—Dejaos de vericuetos –masculla–. Me habéis traído aquí para vengaros, ¿no es así? Acabemos, pues, de una vez.

Garcés, con su rico atuendo a la manera italiana, pasea de un lado a otro, frente a su oponente. Se encara con él, al fin.

—Admito que durante años soñé con veros agonizante entre mis manos. Con haceros sentir el mismo terror que experimenté yo en la casa de Blas Portáñez ante vuestros dos esbirros. Pero ya no. El tiempo todo lo borra. Puede, incluso, lograr que la venganza termine por perder su sentido. Definitivamente, no. No es vuestra vida lo que deseo, barón.

—¿Qué, entonces?

Los ojos de Garcés brillan como ascuas.

—Quiero la mano de vuestra hija menor –sentencia, lentamente.

Pasado el primer momento de sorpresa, comienza a escucharse la risa sofocada de don Lope. Una risa que tiene más de nervioso alivio que de satisfacción.

—¿La mano de Viola? –pregunta, sin dejar de reír–. ¡Por Dios bendito! ¡No habría podido imaginar mejor yerno que vos! ¡Os la concedo, por supuesto! ¡Y contad, además, con una sustanciosa dote!

Nicolás de Salz permanece serio. Sabe que aquello no puede ser tan sencillo.

Garcés continúa paseando. Mira al sonriente don Lope de soslayo una y otra vez.

—Ya que habláis de dote, señor de Goreia –prosigue Garcés, de pronto– tengo una idea sobre el particular.

La sonrisa se cae de la cara del barón. Se da cuenta de que ha echado las campanas al vuelo demasiado pronto. Garcés, manos a la espalda, recita entonces con firmeza.

—Quiero Santa María de Carcabiello y su comarca, además de la aldea de Triste con sus tierras y la de Agüero con las suyas, más toda su zona de influencia, incluidos los montes de la Chuata y la Ralla. Es mi intención otorgar un fuero especial que ampare a todos los habitantes presentes y futuros de esos lugares.

Don Lope palidece.

—¿Qué? Pero... eso es un despropósito –masculla–. Pretendéis desmembrar mi señorío, privarme de su cabecera, arrancarme mis mejores tierras de caza...

Garcés abre los brazos en un gesto burlón.

—Querido suegro... ¿O preferís que os llame padre? Si eso es lo que os preocupa, tranquilizaos. Por supuesto que podréis venir a cazar a mis dominios siempre que os plazca. Pagando una justa tasa, naturalmente.

—¿Pagar? –brama don Lope–. No sabes lo que dices, muchacho. Mis alianzas con los señores de los territorios vecinos te llevarán a una guerra en la que no tendrás la más mínima posibilidad. ¡Ni aunque lograses reunir un ejército diez veces superior al que ahora posees!

—Puede ser –masculla ahora Garcés, rechinando dientes–. ¡Pero esa guerra, barón, la contemplaréis vos desde el infierno!

Ante estas palabras de Garcés, dos de los arqueros, apuntan sus flechas al corazón de don Lope, que se ve sacudido por un escalofrío que no puede disimular.

—Maldito seas... –masculla.

—Escucha, Lope –interviene Nicolás de Salz–. Considera, tal como él dice, que se trata de la dote de tu hija. ¿Acaso no dotaste a Inés cuando se casó? Y bien espléndido que fuiste con el monasterio de Casbas cuando ingresó Juana en él. Sé razonable. No estás en condiciones de negociar.

Si las miradas pudieran matar, Garcés quedaría fulminado al instante por el odio que destilan los ojos del barón. Durante un tiempo interminable permanece en silencio, contemplando el rostro del almogávar... y las armas de los arqueros, que siguen orientadas a su pecho.

—Sea –escupe, al fin, dando media vuelta–. Y ahora, vámonos. Quiero partir cuanto antes hacia Goreia.

Pero dos de los hombres de Garcés se interponen en su camino.

—¿No creéis que convendría conocer, antes que nada, la opinión de vuestra hija? –sugiere Garcés, sin abandonar su tono irónico.

Don Lope se vuelve hacia él, hecho una furia.

—¡La opinión de mi hija será coincidente con la mía! Aceptará el compromiso sin replicar. Te lo garantizo.

Garcés sonríe enigmáticamente.

—Ése es un aspecto –dice– que podemos comprobar ahora mismo.

A una señal suya, uno de los soldados retira un cortinaje.

Tras él aparece Viola, flanqueada por otros dos guardianes. Está atónita, desconcertada, infinitamente triste. Pero también más hermosa que nunca. Mucho más de que lo que el propio Garcés la recuerda. Más de lo que habría podido imaginar.

Al ver a su hija, don Lope estalla.

—¡Maldito canalla! ¡Has raptado a mi hija! ¡La has sacado a la fuerza de mi propia casa! Veo que sigues siendo el mismo despreciable felón que cuando eras un crío.

Nicolás de Salz debe lanzarse a detener la furia de su señor antes de que la guardia personal de Garcés lo haga de manera más contundente.

—¡Cálmate, Lope! –sugiere el capitán–. ¡Cálmate o lo lamentarás!

El tono de Garcés es ahora desafiante.

—Esta vez tenéis razón, barón. Mis hombres irrumpieron en vuestro castillo esta mañana, apenas emprendisteis camino hacia aquí. Fue una empresa fácil. Todo el día habéis llevado a vuestra hija tras de vos. A menos de una hora de marcha. Acaban de traérmela. Por eso os hice esperar. De hecho, yo mismo no la había visto hasta este instante.

Garcés sacude levemente la cabeza, cambiando así de tono y de gesto. Se dirige a la muchacha y le tiende los brazos.

—Viola...

Pero ella se retrae como una medusa.

—No te asustes –continúa el almogávar, sonriendo–. Soy yo, Garcés. He vuelto a buscarte. Te dije que lo haría, que pasaría por encima de todos y de todo para tenerte conmigo. Sé que me has estado esperando durante estos años. Me he hecho informar. Sé que has rechazado ofertas de matrimonio con nobles y con poderosos. Yo no merecía tanto, pero te lo agradezco infinito. Y tu espera ha terminado. Aquí me tienes. Más noble y más poderoso que ninguno de ellos; más enamorado que ninguno de ellos.

Viola, que ahora parece recorrer con la vista los dibujos de las gruesas alfombras que cubren el suelo, levanta lentamente la mirada hasta encontrar la de su padre.

—Aún no puedo creer que ordenases matarle, sabiendo que era sólo un niño. Y sabiendo lo que yo le quería.

Don Lope, de repente, parece mucho más viejo.

—Perdí la cabeza, hija mía. Me... me cegó el odio al saber que tú y él...

—Olvídalo –interviene Garcés, con vehemencia–. Olvídalo, Viola. Ahora ya carece de importancia. Estamos juntos, al fin. Y la venganza que rumié durante tantos años la he visto cumplida sólo con contemplar el miedo en los ojos de tu padre. El asunto está zanjado. Casémonos, Viola. Lo demás no importa. Casémonos esta noche. ¡Ahora mismo! Ordenaré traer al padre abad. ¿Le recuerdas? Me han dicho que aún vive, que sigue en el monasterio. Redactaremos los documentos que sean necesarios y antes de medianoche seremos marido y mujer.

Viola ha vuelto a dejar vagar la mirada por rincones lejanos, que están mucho más allá de los límites de la tienda y aun del campamento. De pronto, posa sus ojos en los de Garcés, que ha hincado la rodilla ante ella; que le sonríe feliz.

Por dos veces abre la boca dispuesta a hablar. Por dos veces no consigue articular palabra. Al fin, logra un susurro apenas audible.

—Lo siento. Lo siento, Garcés...

—¿Qué es lo que sientes? –parpadea Garcés–. No... no te entiendo.

Viola llena lentamente de aire sus pulmones y cierra los ojos antes de volver a hablar.

—No es por ti por quien he esperado todos estos años.

Como la miel en el agua

Garcés se siente enrojecer de vergüenza, como un niño pillado en falta. Como el niño que quizá aún es. Querría arrojar a todos de la tienda, incluso a Viola. Que no le compadezcan. Que no le miren con sorna. Que no puedan paladear su desconcierto ni burlarse de su estupidez y de su arrogancia. Todo lo ha hecho por ella y para ella. Leyó en sus cartas lo que deseaba leer. Y se dejó convencer por viajeros y adivinos de aquello de lo que deseaba ser convencido: que ella le guardaba la ausencia a pesar del tiempo y de la distancia.

Ha bastado una frase para echar por tierra todos sus planes y esperanzas, para despertar a la realidad. Para quedar como un necio.

Querría odiarla. Es imposible, claro, y su ira se deshace como miel en agua tibia aun antes de anidar en su ánimo.

—¿A quién, entonces? –pregunta Garcés de espaldas a todos, por no mostrar los ojos enrojecidos–. ¿A quién esperas, di? Si está en mi mano, lo traeré a tu presencia aunque tenga que ir a buscarlo al último rincón del orbe. ¿De quién se trata?

Viola tarda en responder.

—Se trata de... García Garcés.

El almogávar se vuelve. En su rostro, como en el de todos los presentes, se refleja el desconcierto.

—¿Qué dices? ¿Qué pretendes ahora? ¿Burlarte? ¿Confundirme aún más? ¡Yo soy García Garcés!

Viola sonríe amargamente.

—Bromeas, sin duda. O acaso las riquezas que recibiste de improviso acabaron con tu buen juicio. ¿Qué tienes tú que ver con Garcés, con el Garcés que yo conocí y del que me enamoré perdidamente? Nada en absoluto, te lo garantizo. Garcés era un soñador que no poseía otra cosa que sus sueños; y para mí era suficiente fortuna. Ahora, apareces tú tratando de suplantarle, con tus aires de gran señor, ensoberbecido y tan pagado de ti mismo que envías a tus hombres a violentar mis aposentos, que me haces conducir ante ti a la fuerza, sin duda convencido de que no puede ser otro mi deseo. Pobre estúpido. Tú mismo lo has dicho: si hubiera querido desposar con un noble o con un poderoso lo habría hecho hace tiempo. Era mi destino natural. Pero no lo acepté porque confiaba en cambiar mi vida con tu ayuda. Ahora me encuentro con que eres tú quien ha cambiado.

—Las cosas vinieron así, Viola. No siempre es posible elegir.

Ella rehúye su mirada.

—Quizá... Pero yo, mientras pueda, seguiré esperando.

Castillo de Goreia. Octubre de 1311

Sin horizonte

Parece que estallase el cielo con cada trueno.

Viola contempla el espectáculo desde su aposento, suavemente sobrecogida. No recuerda tormenta semejante desde hace años. Quizá desde aquella noche...

Sacude la cabeza, tratando de alejar de su mente el recuerdo no deseado. Es preciso olvidar.

Iluminan los rayos el valle a lo largo de muchísimas leguas; y lo hacen con tal intensidad que, durante breves instantes, parece se hubiera adelantado el invierno y todo cuanto la vista alcanza estuviera blanqueado de escarcha o de nieve.

Viola se pregunta por el futuro.

Durante años vivió con esperanza. Pensaba en él, en Garcés, y su existencia tenía un horizonte. De pronto, el horizonte ha desaparecido. Seguirá ahí, seguramente, pero es como cuando llega una tormenta como ésta y la lluvia te impide ver nada a más de veinte pasos de distancia.

Ha perdido el horizonte.

Estalla un nuevo relámpago y, en la claridad, Viola descubre de pronto un rostro horriblemente crispado. Está ahí, a cuatro pasos de ella, mirándola desde el hueco de la ventana, surgido de la nada, espeluznante. Creyéndolo un espectro o una aparición infernal, grita y retrocede hasta el rincón opuesto de la estancia.

Aterrorizada, contempla a la débil luz de las velas cómo un ser espantoso, medio hombre y medio animal, que acaba de trepar por el muro, penetra en su cuarto por la ventana, empapado por la lluvia y se deja caer como un fardo sobre las losas del suelo.

Un trueno sobrecogedor ahoga los gritos de Viola. Temblando de miedo, le arroja lo primero que encuentra a mano. Así, vuelan sobre el intruso varios gruesos libros y una palmatoria de porcelana que se rompe contra el suelo y una vasija de barro, que se rompe contra su cabeza.

—¡Ay! ¡Viola! ¡Viola, no! ¡Ay, espera, ay!

Sólo entonces lo reconoce. Ella se apoya contra la pared, llevándose la mano diestra al corazón.

—¡Por Dios Todopoderoso! ¿Has perdido el juicio? ¡He creído morir del susto!

Garcés se incorpora, chorreando agua. Viste el atuendo almogávar, la piel de oveja de largos vellones y los correajes de cuero.

—¿Se puede saber qué haces aquí?

Garcés tarda en contestar. Ha vuelto a escalar los muros del castillo, como aquella vez. Y lo ha hecho aterrorizado por la tormenta. Como aquella vez, también. Por fin, logra sosegarse en cierta medida.

—He venido... a despedirme. Parto hacia oriente.

Viola queda en suspenso unos instantes.

—¿Te vas? ¿Cuándo?

—Ahora mismo.

—¿Con tus hombres?

Garcés niega, al tiempo que se encoge de hombros.

—He disuelto mi ejército. Ya no tenía ningún sentido. Supongo que, en realidad, nunca lo tuvo. Espero no haberle ocasionado a nadie un quebranto irremediable. Todos han cobrado el equivalente a trescientas soldadas y algunos más, hasta donde alcanzó la fortuna que me legó Roger.

Ella lo mira a los ojos.

—Siempre se te quiebra la voz cuando pronuncias su nombre, Roger. Cuánto me habría gustado conocerle.

—Era un gran hombre, sí. Junto a mi padre, el más grande de cuantos se han cruzado en mi vida. Precisamente mi intención es llegar hasta Constantinopla y tratar de ver de nuevo a la princesa María, su viuda. Tengo mucho que contarle. Y mucho que agradecerle, también.

—¿Y... después?

—¡Quién sabe! Me han dicho que la Compañía ha logrado tierras donde establecerse al fin. Que, al mando de Roger de Llúria, han conquistado los ducados de Atenas y Tebas, en Grecia, y los han proclamado parte de la Corona de Aragón. Quizá, después de todo, haya un sitio para mí entre ellos.

—Ojalá sea así –susurra Viola.

Se miran ambos durante un buen rato, en silencio. Por fin, Garcés le sonríe levemente y se encarama a la ventana por la que entró.

—Adiós, Viola –dice.

Todavía no escrito

Ella no quiere ni siquiera ver cómo se aleja. Intentando deshacer con la mano el nudo que le atenaza la garganta, sale del aposento y se encamina a su refugio favorito de estos últimos años: una pequeña dependencia del castillo en la que ha llegado a acumular un buen número de libros. A espaldas del barón, Nicolás de Salz le ha ido proporcionando ejemplares en cada uno de sus viajes a Zaragoza. Incluso, ha conseguido algunos volúmenes en los monasterios desperdigados por las tierras de la baronía aunque, eso sí, pagándolos a precio exorbitante.

La joven baronesa se sorprende al comprobar que la puerta de su biblioteca se halla entornada y, a través de ella, escapa la luz de una bujía. Desde la muerte de su madre, nadie salvo ella entra en aquella sala.

Con precaución, se acerca hasta poder echar un temeroso vistazo que le revela la presencia de un anciano de larga barba blanca moviéndose con soltura entre los manuscritos.

—¿Quién sois? ¿Qué hacéis aquí?

El anciano levanta una mirada líquida, como de agua de mar.

—Disculpad si os he asustado. Soy el hermano Gabriel, bibliotecario del monasterio de Santa María y he recibido el encargo de ayudaros a ordenar y clasificar vuestra biblioteca.

—¿Encargo? ¿Quién os ha hecho ese encargo?

—Oh, un hombre joven muy generoso. Un almogávar de vuestra misma edad, aproximadamente. No recuerdo su nombre...

Viola se sonríe.

—¿Garcés, acaso?

—Garcés, sí.

—Pero... ¿cómo habéis entrado aquí? ¿Y qué libro es ése que lleváis entre las manos? No lo reconozco como unos de los míos.

El anciano sonríe.

—No, no es vuestro. Es un regalo que os he traído. He pensado que os gustaría. Uno de los personajes se llama como vos.

—¿Viola? Qué extraordinaria coincidencia.

El monje sonríe como un halcón.

—Desconfiad de las coincidencias –susurra–. ¿Queréis hojearlo?

Viola se encoge de hombros mientras toma asiento.

—¿Por qué no?

—Abrid el libro al azar. Por donde os dicte vuestro corazón. Suele ser el mejor método.

Viola mira a los ojos del monje, que lanzan diminutos destellos ambarinos. Y obedece. Abre el volumen y, sin saber por qué, lee en voz alta la primera frase sobre la que se posan sus ojos.

—"Entonces, me sonrió. Y lo hizo de tal manera que disipó de golpe todos mis temores. Corrí hacia Viola y la estreché en mis brazos. Mucho tiempo. Busqué sus labios con los míos y, al encontrarlos, todo lo demás, el resto del mundo, lo antes vivido, el futuro... dejó de tener importancia."

Viola parpadea, asombrada por las palabras que acaban de escapar de su boca.

—Jamás había leído nada parecido. Pero, al tiempo, es como si ya supiera... Y este libro... ¿es mágico, acaso? Sus letras no parecen copiadas a mano sino... puestas ahí, sobre ese pergamino blanquísimo, mediante alguna suerte de encantamiento. ¿Dónde lo habéis conseguido?

El viejo fraile se atusa la barba antes de contestar.

—¿Sabéis? Hace ya bastantes años tuve ocasión de conversar con ese joven almogávar del que os hablo. Entonces era poco más que un niño. Y llegamos a la conclusión de que los más hermosos libros del mundo... son los que todavía están por escribirse.

Viola no alcanza a comprender las enigmáticas palabras del anciano. Pero de pronto, llevada por un impulso imposible de contener, abandona la biblioteca sin siquiera llevarse aquel libro misterioso, y regresa a toda prisa a sus aposentos.

Al entrar en ellos se abalanza hacia la ventana, hace bocina con las manos y grita con todas sus fuerzas contra la tormenta.

—¡Garcés! ¡Garcés, espera! ¡Garcéees!

—Estoy aquí, Viola –dice una voz a su espalda.

Ella se vuelve agitada. Se miran ambos a la luz de los relámpagos.

—Creía que te habías ido –susurra ella.

Garcés se acerca a Viola y la toma por los hombros.

—¿Irme? ¿Sin ti? –pregunta, con una voz que no parece suya–. ¿Cómo voy a encontrar la felicidad que busco lejos de ti?

Viola sonríe. De repente, se han disipado sus dudas.

Es él, de nuevo.

Se echa en sus brazos, dejando que sus ropas cortesanas se empapen del agua dulce de la lluvia y del agua salada de las lágrimas.

Epílogo

Nicolás de Salz contempla a través de una tronera la marcha de los dos jóvenes. Ha ordenado silencio a sus centinelas. Que nadie dé voz alguna de alarma.

Contemplando cómo Viola y Garcés se alejan al galope, se siente impregnado de una sutil alegría, mucho más lícita y noble que la que proporciona la simple venganza.

Mañana tendrá que explicarle a don Lope –que cree ser su amigo pero que nunca lo ha sido realmente– que su hija menor ha huido a uña de caballo en busca de la felicidad. De la misma felicidad que ninguno de los dos supo darle a Leonor, su madre.

Luego, el propio Nicolás partirá en busca de un nuevo destino para los pocos años que le queden de vida. Lo ha decidido. No teniendo que velar por Viola, a la que siempre ha querido como a una hija, ya nada le retiene en el castillo de Goreia.

Sólo le resta una larga noche de tormenta e insomnio.

Mañana, la libertad.

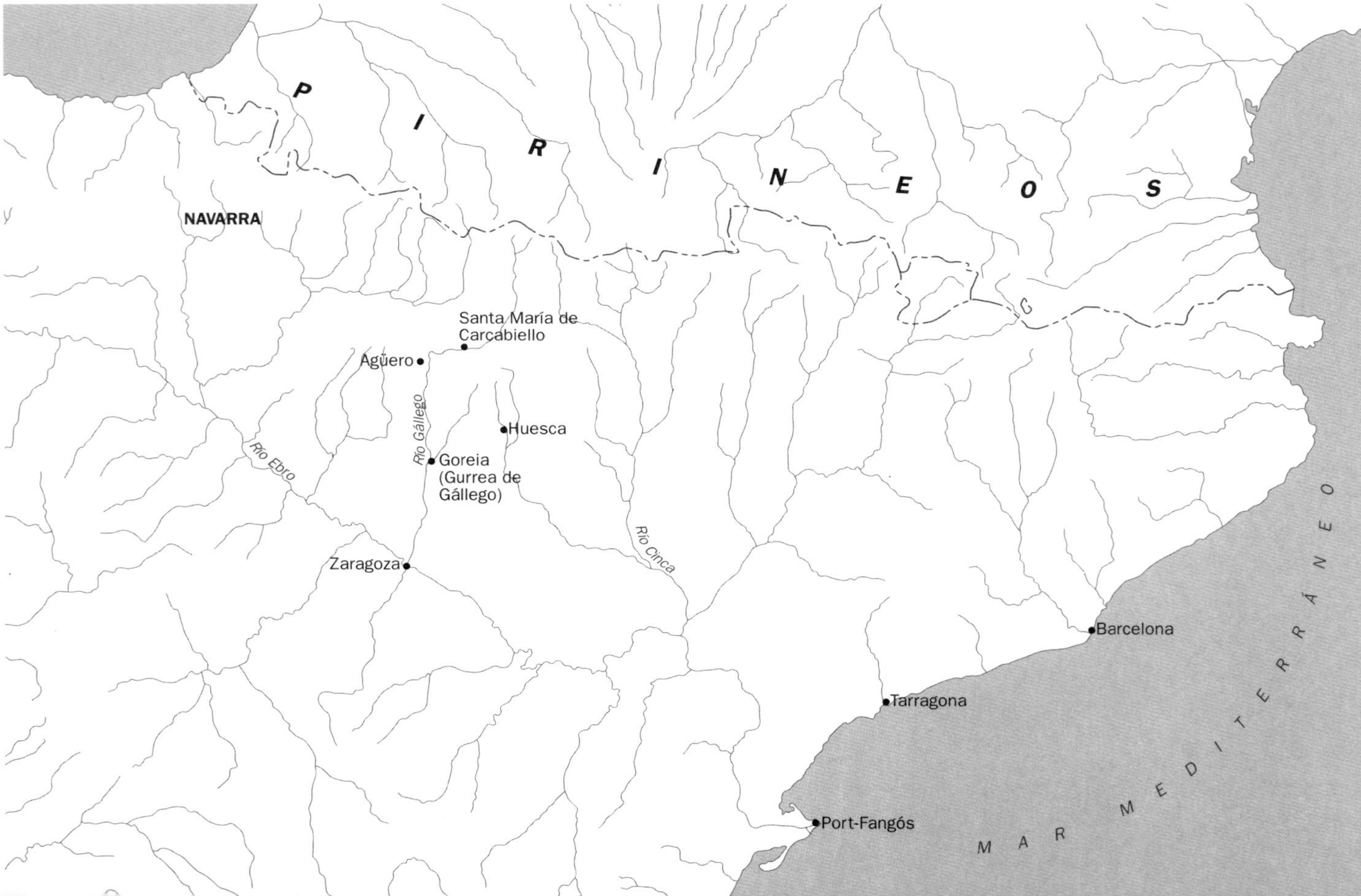
PIRINEOS
NAVARRA
Santa María de Carcabiello
Agüero
Río Gállego
Huesca
Goreia (Gurrea de Gállego)
Río Ebro
Zaragoza
Río Cinca
Barcelona
Tarragona
Port-Fangós
MAR MEDITERRÁNEO

PIRINEOS
Port-Fangós
Brindisi
Palermo
Sicilia
M A R M E D I T E R R Á N E O
Á F R I C A
Atenas
Creta
Adrianópolis (Edirne)
Constantinopla (Estambul)
Mar de Mármara
Gallípoli
Artaki (Erdelk)
Magnesia
Éfeso
Mar Negro
Monte Tauro
Chipre

ÍNDICE

COLECCIÓN PUNTO INFANTIL Y JUVENIL

A partir de 7 años

18. **Potón el gato no quiere pato**, de *Paco Climent*. **8.ª** ed.
19. **La niña que aprendía los nombres**, de *Carlos Murciano*. **3.ª** ed.
20. **El bandido Carahígo**, de *Fernando Almena*. **4.ª** ed.
24. **Rosa sosa**, de *Carmen Vázquez-Vigo*. **2.ª** ed.
25. **Un extraño viaje**, de *Patricia Barbadillo*. **2.ª** ed.
26. **Potón el gato y la escuadrilla gansa**, de *Paco Climent*. **3.ª** ed.
30. **Cosas que se pierden, amigos que se encuentran**, de *Carmen Kurtz*. **4.ª** ed.
31. **Pablo y su elefante**, de *Elvira Menéndez*. **8.ª** ed.
32. **Una sombra muy fresca**, de *Blanca García Valdecasas*. **2.ª** ed.
35. **El coco está pachucho**, de *Fernando Lalana*. **7.ª** ed.
36. **Pachu, perro guapo**, de *Carmen Kurtz*. **2.ª** ed.
39. **Potón el gato y los indios mapaches**, de *Paco Climent*. **2.ª** ed.
40. **Camilito en el país de los problemas**, de *José Luis Velasco*.
42. **El Rey también fue niño**, de *Alejandro Capuano* y *Victoria Mendo*. **2.ª** ed.
44. **Pablo y su elefante en el día que la clase voló**, de *Elvira Menéndez*. **3.ª** ed.
46. **Potón el gato y la pandilla Mofeta**, de *Paco Climent*. **2.ª** ed.
48. **La noria de Gloria**, de *Gloria Fuertes*. **3.ª** ed.
50. **¡Qué patines!**, de *Maria Aymerich*. **2.ª** ed.
55. **Lo que cuenta un libro**, de *Ángel Esteban*. **2.ª** ed.
62. **Bicicletas de nariz**, de *Marisa López Soria*. **3.ª** ed.
76. **¿La has visto?**, de *Xabier P. Docampo y Xosé Cobas*.
78. **Pesadillas de colores**, de *Susana Fernández Gabaldón*.

A partir de 9 años

3. **El viaje de Doble-P**, de *Fernando Lalana*. **18.ª** ed.
8. **Pocachicha**, de *Fernando Almena*. **6.ª** ed.
12. **El regreso de Doble-P**, de *Fernando Lalana*. **9.ª** ed.
15. **Paparruchas**, de *Fernando Martínez Gil*. **3.ª** ed.
17. **El libro de Verónica**, de *Carmen Vázquez-Vigo*. **4.ª** ed.
27. **Tres y otros dos**, de *Carlos Murciano*. **2.ª** ed.
28. **Nosotros, los otros y los demás**, de *Lucía Baquedano*. **4.ª** ed.
29. **Mambrú no fue a la guerra**, de *Carmen Vázquez-Vigo*. **3.ª** ed.
33. **Comeré fresas contigo**, de *Jesús Ballaz*. **2.ª** ed.
37. **Manzana dorada**, de *Emilio González Déniz*. **2.ª** ed.
43. **Inventando historias**, de *Lucía Baquedano*. **3.ª** ed.
47. **La famosa Verónica**, de *Carmen Vázquez Vigo*. **3.ª** ed.
49. **La rebelión de Karen**, de *José María Hernández*. **2.ª** ed.
52. **Sir Lui**, de *Lola Herrero*. **2.ª** ed.
56. **La noche de las sirenas azules**, de *Antonio Gómez Montejano*. **4.ª** ed.
64. **El pájaro que quiso ser hermoso**, de *M.ª del Carmen de la Bandera*. **4.ª** ed.
70. **Las aventuras del comisario Cattus**, de *Luis Ramoneda*. **2.ª** ed.
72. **Lori bilori**, de *Marisa López Soria*. **2.ª** ed.
73. **Los de mi escalera**, de *Marisa López Soria*. **2.ª** ed.
75. **La Torre de los mil Tiempos**, de *Susana Fernández Gabaldón*. **2.ª** ed.

77. **El pájaro Lilí y sus amigos**, de *M.ª del Carmen de la Bandera*. **2.ª** ed.
81. **Nuevas aventuras del comisario Cattus**, de *Luis Ramoneda*. NOVEDAD
82. **Un elefante en mi sopa**, de *Fernando Lalana*. NOVEDAD

A partir de 12 años

1. **El bosque de los castores**, de *Philippe Ebly*. **4.ª** ed.
2. **Puertas afuera**, de *Molly Glos*. **3.ª** ed.
4. **El robot que vivía su vida**, de *Philippe Ebly*. **4.ª** ed.
5. **La expedición del pirata**, de *Jack London*. **5.ª** ed.
6. **Fuera de juego**, de *Norbert Müller*. **3.ª** ed.
9. **Tim el salvaje**, de *Gary L. Blackwood*. **7.ª** ed.
11. **El rapto del dios blanco**, de *Philippe Ebly*. **2.ª** ed.
13. **Cazadores de osos**, de *Maine Reid*. **2.ª** ed.
14. **Los días de Lina**, de *Concha Castroviejo*. **2.ª** ed.
22. **Fernando el temerario**, de *José luis Velasco*. **10.ª** ed.
34. **Los corsarios del espacio**, de *Philippe Ebly*. **2.ª** ed.
38. **2117, el año del terror**, de *Philippe Ebly*.
41. **El valle de los cíclopes**, de *Philippe Ebly*. **2.ª** ed.
58. **Bajo el volcán lila**, de *Josep Gòrriz*. **4.ª** ed.
59. **El secreto del ordenador**, de *Maria Aymerich*. **7.ª** ed.
61. **Más allá de las tres dunas**, de *Susana Fernández*. **6.ª** ed.
63. **Mi tío Moctezuma**, de *Ana M.ª Romero Yebra*. **3.ª** ed.
66. **Los cuadros del tiempo**, de *Antonio Gómez Montejano*. **5.ª** ed.
68. **Sentir los colores**, de *M.ª del Carmen de la Bandera*. **5.ª** ed.
69. **Mande a su hijo a Marte**, de *Fernando Lalana*. **6.ª** ed.
74. **El enigma de los nuevos piratas**, de *Pedro Casals*.
79. **Las extrañas aventuras del Brañas**, de *Isidoro Castaño*.
83. **Pequeñas historias del Globo**, de *Àngel Burgas*. NOVEDAD

A partir de 14 años

7. **Magallanes y Elcano, audacia sin medios**, de *Isidoro Castaño Ballesteros*. **7.ª** ed.
10. **Aventuras de Arturo Gordon Pym**, de *Edgar Allan Poe*.
16. **La expedición perdida**, de *Elvira Menéndez*. **8.ª** ed.
21. **La isla que surgió del mar**, de *Philippe Ebly*. **5.ª** ed.
45. **El vuelo de Drácula**, de *Olga Xirinacs*. **2.ª** ed.
51. **El asesino de su segunda sombra**, de *Jesús Ballaz*. **2.ª** ed.
53. **Morder el anzuelo**, de *Agustín Alcoberro*. **5.ª** ed.
54. **Cuba linda y perdida**, de *M.ª del Carmen de la Bandera*. **8.ª** ed.
57. **El libro o Hay una vaca en casa**, de *Isidoro Castaño Ballesteros*. **2.ª** ed.
60. **Almogávar sin querer**, de *Fernando Lalana* y *Luis A. Puente*. **7.ª** ed.
65. **El pescador de esponjas**, de *Susana Fernández Gabaldón*. **4.ª** ed.
67. **Dos mujeres y un amor**, de *José Luis Olaizola*. **2.ª** ed.
71. **Operación Drake**, de *Francisco Javier Aguirre*.
80. **Caravansarai**, de *Susana Fernández Gabaldón*. NOVEDAD